키다리 아저씨,
진짜 행복은 현재를 사는 거예요

지금 이 순간
행복해지고 싶은 우리에게

키다리 아저씨,
진짜 행복은 현재를 사는 거예요

지금 이 순간
행복해지고 싶은
우리에게

박 은 지 지음

더모던
Themodern

차례

2장

**행복에
대해
알려드릴게요**

꾹꾹 마음을 눌러 담아
편지를 쓰는 시간

　얼마 전 오래 알고 지낸 친한 동생이 생일 선물이라며 노란 쇼핑백 하나를 건넸다. 열어 보니 그 안에 맥주 크림을 만드는 거품기, 오리가 그려진 소주잔, 영양제, 귀가 뾰족한 고양이 모양의 펜과 손바닥만 한 거울 같은 것들이 빼곡히 들어 있었다. 소품 숍에 가서 내가 좋아할 만한 걸 하나씩 골라 담았을 걸 생각하니 그 풋풋하고 귀여운 마음이 몹시 고마웠다. 선물을 하나씩 들여다보는데, 그 안에 작은 카드도 하나 보였다. 동생은 짐짓 멋쩍어하며 오는 길에 지하철에서 급하게 썼다고 덧붙였다.

　펼쳐 보니 처음 만났을 때와 마찬가지인 동글동글 익숙한 글씨체로 쓰인 깨알 같은 단어들이 단정하게 놓여 있었다. 그러고 보니 손으로 쓴 생일 카드를 받아본 게 언제였는지. 그래도 20대 초반까지는 편지나 생일 카드, 크리스마스카드를 꽤 썼던 것 같은데 언제부턴가 축하할 일은 간편한 기프티콘으로 대신하게 되었다.

　전자책이 아무리 편리해도 여전히 종이책만 가지는 특유의 느낌이 있듯, 편지로만 전할 수 있는 질감을 잊은 것은 아니다. 말로 전하

기에는 느린 템포가 필요한 이야기를 편지지 위에 적는 것은 서로의 마음에 닿는 가장 안전한 길이었다. 학창 시절만큼 자주 보지 못하는 친구들에게 메신저로 해도 좋은 시답잖은 이야기를 굳이 편지로 쓰기도 했다. 시시콜콜한 일상을 일기로 쓰는 것과는 또 다르다. 그건 편지지에 손으로 글씨를 적어 내려가는 시간만큼 '너'를 생각하고 있다는 뜻이다.

말로 전하는 것은 쉽고 빠르지만 종이 위에 눌러 적는 글씨는 느리고 힘이 들어간다. 다음 문장을 아주 천천히 떠올릴 수도 있고, 읽었던 편지를 다시 읽으며 그 행간에 담긴 표정, 목소리, 온기 같은 것을 더듬어볼 수도 있다. 아마 키다리 아저씨에게 보낸 주디의 수많은 편지에도 역시 그 모든 게 녹아들어 있었으리라.

사실 어릴 때 오직 편지글로만 이어진 소설 《키다리 아저씨》가 몹시 낯설었다. 시리즈로 된 세계문학을 꽤 여러 권 읽었지만 《키다리 아저씨》는 몇 장 만에 자꾸 손을 놓게 되었다. 존 그리어 고아원에서 지내던 주디가 대학교에 보내주겠다는 익명의 후원자를 만나는 가

장 첫 부분을 제외하면, 우리는 주디가 키다리 아저씨에게 쓰는 편지 내용만으로 모든 이야기를 짐작해야 한다.

하지만 좀 더 커서 다시 읽으니, 《키다리 아저씨》는 편지글로 되어 있기에 도리어 주디와 가장 가까운 거리에서 그 삶을 따라가고 교감할 수 있었다. 주디가 들려주는 이야기에 차근차근 귀를 기울이다 보면 새로 사귄 친구들과의 학교생활뿐 아니라 기죽지 않는 당찬 성격, 좌절했다가도 금세 털고 일어나는 에너지는 물론, 어떤 아이에서 어떤 여성으로 성장하고 있는지를 생생하게 알 수 있게 된다. 더불어 키다리 아저씨에게조차 자세히 말하지 않고 마음 한편에 곱게 접어 담아두었던 주디의 사랑 이야기까지도.

이미 우체통에 넣은 문장은 되돌릴 수 없어 주디는 가끔 후회하기도 하고, 재빨리 다음 편지를 이어 보내기도 한다. 가끔은 귀여운 그림과 함께 발랄하게 일상을 전하고, 때로는 유일한 가족이나 마찬가지인 키다리 아저씨에게 진지한 고민을 털어놓기도 한다. 그러나 키다리 아저씨가 놓아준 길을 따라서 얌전하게 걸어갈 생각은 없다.

주디는 언제까지고 후원을 받길 바라는 듯한 키다리 아저씨의 뜻을 매몰차게 거절하며 자신의 삶을 당당하게 꿈꾼다.

그 모습은 우리의 삶과도 동떨어져 있지 않아서, 자꾸만 고개를 끄덕이거나 어깨를 토닥이고 싶어진다. 차마 다른 사람에게 말할 수 없었던 부끄러운 마음부터 미처 표현하지 못했던 애정과 고요한 방 안에서 편지를 쓰며 전하는 소소하지만 확실한 행복까지. 그 솔직한 편지를 엿보다 보면 종종 주디의 편지에 답장을 해주고 싶어진다. 우리는 왠지 좋은 친구가 될 수 있을 것 같다고 말이다.

저녁 식사 종이 울려요.
가는 길에 우체통에 편지를 넣을게요.
　　　　　　　-사랑을 담아 J

1장

나를
발견하는
중이에요

제 이름을 바꿨어요.
학생 명부에는 여전히 '제루샤'로 쓰여 있지만,
다른 곳에서는 '주디'로 불려요.

저는 그 아이를
좋아하게 될 것 같아요

고아원에서 18년 동안 지내며 스무 명의 아이들과 늘 방을 같이 쓰던 제루샤 애벗, 즉 주디에게 놀라운 기회가 찾아온다. 고아원의 어떤 후원자가 주디를 대학교에 보내주겠다고 결정한 것이다. 조건은 단 하나, 한 달에 한 번씩 편지를 쓰는 것뿐이다.

고아원을 나와 대학교 기숙사에서 지내게 된 주디. 잠을 자다가 울음을 터트리며 깨는 아이가 없는 적막한 방은 주디로서는 처음 느껴보는 오롯한 혼자만의 공간이다. 다른 친구들처럼 향수병을 느끼는 대신 생전 처음으로 자신을 가만히 들여다볼 수 있는 시간을 마주하게 된 주디는 아마 일렁이는 마음을 붙잡고 익명의 후원자에게 이 편지를 적어 내려갔을 것이다.

처음으로 제루샤 애벗과
사귈 기회가 생겼어요.
전 그 아이를 좋아하게 될 것 같아요.
아저씨도 그럴 것 같으세요?

우리는 자기 자신에 대해 완벽하게 알고 있지 않다. 10년, 20년이 지나고 나서야 깨닫는 부분도 있다. 뭘 좋아하는지, 어떻게 살고 싶은지, 무엇을 먹고 싶은지 같은 간단한 욕구조차 헷갈린다. 사람은 혼자 살아갈 수 없는 사회적인 존재라지만, 우리에게는 때때로 나 자신을 고요하게 들여다보는 기회가 꼭 필요한지도 모른다. 내가 누구인지 알기 위해서.

사람들과 섞여서 즐겁게 떠들며 오랜 시간을 보내고 나서, 문득 집에 돌아가는 지하철 유리창에 비친 무표정한 내 얼굴을 발견할 때가 있다. 내가 가진 에너지를 밖으로 모두 소모해버린 날에는 조용히 샤워를 하고 침대 위에 누워 가만히 머릿속의 파도를

가라앉히려 해본다. 좋은 사람들을 만나 커다란 파동이 이는 들뜬 시간을 보내는 것도 좋지만, 그러다 돌연 나 자신이 바깥으로 쏟아져나와 내면이 텅 비어버리는 기분이 들 때도 있다.

특히 사회생활을 할 때면 이런저런 가면이 필요할 때가 있어 그 가면을 쓰고 벗는 일이 가끔 힘겹다. 가면 여러 개를 바꿔가면서 쓰다 보면 어느 순간 우뚝 멈춰 서게 된다. 영혼의 알맹이가 돌아오는 길을 잃고 헤매는 느낌이 들 때면 내가 누구인지도 종종 잊어버린다. 그럴 때는 그 자리에서 곰곰이 생각하다가, '내'가 숨어 있는 곳을 찾아 들어가 다시 '나'에게 손을 내밀고 일으켜 얼굴을 마주 봐야만 한다.

　내면의 충전 주기는 사람의 성향마다 다르겠지만, 아무튼 열여 덟 살이 될 때까지 밤마다 우는 아이를 달래 재우던 주디가 고요 하게 자신과 이야기를 나눌 시간이 없었으리라는 것은 쉽게 짐작 할 수 있다. 이제야 비로소 자기 자신과 만난 이 소녀는 어쩌면 여 태껏 몰랐던 자신의 모습을 발견하게 될지도 모른다.

　하지만 주디는 이미 예감하고 있다. '나는 그 아이를 좋아하게 될 것 같다'고.

묘비에서 가져온
이름은 이제 됐어요

　나의 첫 고양이는 친한 동생이 길에서 주워온 길고양이였다. 큰 고양이들에게 쫓기던 생후 4개월 정도의 새끼 고양이는 싸움을 말려준 동생을 졸졸 따라왔다고 한다. 마침 술도 좀 마신 참이라 집에 데려오기는 했는데, 가족들이 무척 싫어한다고 해서 그때 혼자 살고 있던 내가 얼떨결에 그 고양이를 잠시 맡아주기로 했다.

　임시라고는 해도 작은 새끼 동물 한 마리를 돌보는 데에는 이런저런 비용과 노력이 상당히 많이 들어간다. 그날 바로 사료, 밥그릇, 화장실, 모래 등 필요한 용품을 바리바리 사 들고 왔고 예방접종까지 맞혔다. 다만 고양이의 이름은 지어주지 않았다. 잠시 돌보다가 좋은 가족을 구해 입양 보낼 생각이었기 때문이다. 그러나 내심은 예상했던 것처럼, 결국 그 고양이는 내가 키우게 되었다. 그렇게 결정하고 나서 가장 먼저 한 일은 이름을 짓는 것이었다. 그렇게 '제이'는 다른 어떤 고양이로도 대체할 수 없는 세상에 단 하나뿐인 나의 삼색 고양이가 되었다.

사실 길고양이 한 마리를 돌보더라도 애정을 담아 이름을 지어주는 것은 간단하지 않다. 이름을 붙이는 순간 그 고양이와 나 사이에는 어떤 특별한 관계가 생기기 때문이다. 이름을 지어주고 내 삶에 들여놓는다는 것은 그 상대에게 마음을 주고, 그로 인해 행복해지고, 그만큼 상처 입을 것을 각오하겠다는 일종의 약속인 셈이다.

평범한 들꽃이든, 집에 무심히 놓인 다육식물이든, 용돈 모아서

산 태블릿 PC나 큰맘 먹고 할부로 지른 자동차든, 우리는 소중히
대하고 싶은 것에는 이름을 붙인다. 그러고 나면 그것이 식물이나
물건이라도 시들어 죽거나 떠나보내야 하는 때가 오면 괜히 미안
하고 마음이 아프다. 세상에는 수많은 식물과 동물, 물건이 있지
만 내가 이름을 붙여준 대상은 '세상에 단 하나뿐'이기 때문이다.

리펫 원장님이 아기 이름을 고를 때
좀 더 독창성을 발휘하시면 얼마나 좋을까요.
원장님은 성을 전화번호부에서 고르는데,
첫 페이지에 '애벗'이 나와요.
이름은 그야말로 아무 데서나 찾으셨고요.
'제루샤'는 묘비에서 가져왔대요.

　주디의 이름을 붙여준 사람은 고아원의 원장인데, 작명 센스가 형편없다. '제루샤 애벗'이라는 이름은 전화번호부와 묘비에서 눈에 띈 단어를 대충 조합해 지은 것이다. 주디는 기계처럼 딱딱하게 주어진 자신의 이름이 썩 마음에 들지 않는다.

　결국 이 소녀는 대학교에 온 뒤 자신의 애칭을 스스로 결정한다. 그게 바로 '주디'다. 고아원에서 돌보던 아이가 발음이 잘되지 않을 때 부르던 이름이지만, 주디는 이 이름을 전화번호부와 묘지 비석에서 따온 것이 아니라 사랑하는 가족들이 애정을 듬뿍 담아 지어준 그런 애칭이라고 생각하기로 한다.

　스스로 이름을 지어 붙인 주디는 이제 제루샤 애벗으로 살아왔을 때와는 또 다른 관계들을 맺게 될 것이다. 새로운 환경에서 자

신이 원하는 스스로의 모습을 무의식 중에 재정립했는지도 모른다. 그리고 그 이름을 통해 주디는 자기 자신에게 더 소중하고 더 사랑받을 만한 사람이 되었을 것이다. '이름을 지어주는 행위'에는 틀림없이 그런 특별한 힘이 있다.

가져본 적 없는
것에 대하여

요 앞에서 초록색 신호가 깜박거리기 시작했을 때 재빨리 뛰어서 길을 건너는 사람들도 있겠지만 나는 웬만해선 뛰지 않고 그냥 다음 신호를 기다리는 편을 택한다. 여행을 가는 건 좋아하지만 활동적인 체험보다 주로 천천히 걷거나 실내에 앉은 채로 시간을 보낸다.

나는 대체로 흥미로운 모험보다는 안전한 일상을 선호하는 셈이다. 이런 정적인 성향은 선택하는 것이라기보다 어느 정도 타고난 면이 있는 것 같다. 운동을 진심으로 즐기는 사람들, 하늘을 날거나 물을 가르는 걸 두려워하지 않는 사람들을 보면 부럽기도 하지만 나로서는 엄두가 안 난다.

아마 다시 태어나지 않는 이상 내가 갑자기 모험가나 운동선수를 꿈꾸는 일은 일어나지 않을 것이다. 딱 한 번뿐인 이번 삶에서 내가 가지지 못한 능력이 너무 많은 게 좀 아쉬울 때도 있지만, 지금은 이대로의 모습도 꽤 괜찮다고 생각한다.

저는 잘못을 저질렀을 때,
가족들이 너무 오냐오냐하며 키운 바람에
버릇이 나빠져서 그렇다는 말은
결코 들을 일이 없겠죠!
하지만 그렇게 자라온 척하는 것도
엄청나게 재미있습니다.

삶의 바탕을 이루는 중요한 요소들 중에는 우리가 선택하지 않은 것이 오히려 많은 듯하다. 타고난 성격이나 성향도, 가족과 가정환경도 그렇다.

사람들과 오랫동안 친하게 만나다 보면 서로의 가장 개인적인 이야기를 털어놓는 날이 한 번쯤 온다. 각자 가슴 한편에 가지고 있던 비밀 이야기를 나누면서, 다른 사람들이 모르는 서로의 사정을 알고 있다는 동질감으로 우리는 더 끈끈해진다. 가장 가까이서 늘 웃고 떠들던 친구들의 가정사를 들여다보면 다들 저마다의 상처를 가지고 있다. 주변을 둘러보면 사실 교과서에 나오는 평범하고 화목한 가정은 오히려 손에 꼽을 정도다.

하지만 그런 건 우리가 이제부터 다루어야 하는 문제가 아니다. 이미 나를 이루고 있는 요소는 그냥 그렇게 존재하도록 두면 된다. 바꿀 수 없는 것은 내버려두고, 바꾸고 싶은 것은 바꿔가면서 우리는 그저 각자의 삶을 살면 되는 게 아닐까.

세상엔 내가 가져본 적 없고 앞으로도 가질 수 없을 것들이 많다. 내가 할 수 없는 것, 될 수 없는 것이 그럴 수 있는 것보다 더 많다. 그래도 내가 부족하거나 불행하다고 생각진 않는다. 지금 가지고 있는 것을 알아보면서, 내 손에 잡히는 것들을 둘러보면서 얼마든지 자유롭게 내 모습을 만들어가면 된다.

나 자신을 삶의
기준으로 여겨요

　수영을 전혀 못해도 물놀이는 역시 여름의 꽃이다. 워터 파크에 가서 더위는 잠시 잊고 신나게 놀고 싶다고 친구들과 의기투합하다 보면 어느새 비슷한 결론에 닿아 있다.

　"그 전에 살부터 좀……."

　물놀이를 하려면 수영복을 입어야 하고, 몸매가 드러나는 수영복을 입으려면 살을 빼야 한다는 생각으로 자연스럽게 이어진다.

　"아이, 요즘엔 왜 이렇게 마른 사람들이 많니?"

　그중 한 명이 한탄하듯이 내뱉는다. 문제는 마른 사람이 많은 게 아니라, 마른 몸매가 세상의 평균이자 기준처럼 여겨지는 분위기일 것이다. 그리고 '그 기준에 미치지 못하는' 몸을 부끄럽거나

숨겨야 할 것으로 바라본다는 점이다.

우리나라에는 유독 '이 정도가 보통'이고 '당연하다'는 기준이 적용되는 범위가 넓다. 평범하게 학교를 다니다가 졸업하면 바로 직장에 들어가고, 적절한 나이가 되면 대출받아 결혼한 뒤 아기는 두 명 정도 낳고 사는 삶이 사회가 정해놓은 가이드라인처럼 보인다. 기성세대의 안정적인 삶을 따라가지 '않는' 것을 '부족한' 것으로 여기는 시선도 있다. 얼마 전엔 한창 활발히 활동하고 있는 연예인의 부모님이 TV에 나와 "네가 뭐가 부족해서 결혼을 못 하니"라고 자식에게 하소연하는 것을 봤다. 결혼은 '내가 할 때가 돼서' 하는 게 아니라 '사랑하는 사람과 마음이 맞으면' 하는 것 아닌가?

우리는 각자의 개성을 자연스러운 것으로 보기보다는, 남들과 조금만 달라도 '왜 저렇게 살아?' 하며 이상하게 보거나 스스로 주눅 드는 경우가 많다. 많은 사람이 보편적으로 겪는 일에는 '평균적'이라는 수식어가 붙게 되는데, 그에 근거하여 세상을 바라보는 관점은 때때로 매우 폭력적이다. 나에게 당연하지 않은 것이 당연하게 여겨지는 사회적 분위기 속에서 우리는 주변의 눈치를 볼 수밖에 없다. 하지만 삶의 형태는 점점 더 다양해지고 있고, 다른 사람이 나의 인생을 판단하는 일은 누구도 원치 않을 것이다.

대학 생활에서 힘든 점은요,
한 번도 들어본 적 없는 수많은 것들을
저도 당연히 알겠거니 여기는 거예요.

주디가 대학교에서 처음 느낀 당혹감은 공부가 어렵거나 과제가 많다는 점 때문이 아니라 다른 아이들과 조금 다른 환경에서 자란 탓에, 그들에게 당연한 지식이 자신에게는 없다는 사실이다. 하지만 주디는 주눅 들지 않고 나중에 백과사전을 찾아보거나 책을 읽겠다고 결심한다.

삶은 100퍼센트 자신의 것이기 때문에 누군가가 정해놓는 '당연한' 기준은 필요 없다. 남의 삶에 폐를 끼치지만 않는다면 남들과 조금 다르게 자랐어도, 좀 다르게 생각해도 상관없지 않을까. 많은 사람이 타인과 같지 않다고 불안해하지 않고 자신을 삶의 기준으로 여기는 세상이 오길 바란다.

좋은 사람이 되는
방법

　다른 사람이 건네는 칭찬이나 위로를 매번 어떤 표정으로 들어야 할지 잘 모르겠다. 칭찬을 넙죽 인정하는 것도 쑥스럽고, 정중히 한번 사양한다고 해서 그 대화가 무 자르듯 뚝 끝나는 게 아니다 보니 얘기가 길어지면 더 어찌할 바를 모르겠다. 게다가 우리가 무심코 주고받는 많은 위로는 어디에도 가 닿지 못하고 허공의 눈송이처럼 녹아내리는 일이 많다. 혹 그중 하나가 마음에 내려앉아 위로가 되었다고 해도 그대로 펑펑 울 수도 없는 노릇이라서, 나에게는 항상 내보일 만한 리액션이 빈곤했다.

　마찬가지로 다른 사람에게 마음을 전하는 것도 내게는 늘 어려운 일이다. 진심이 있는 그대로 전해지기 위해서는 마음과 마

음 사이에 보이지 않는 곧은 다리 같은 것을 놓아야 하는데, 어떨 땐 이 다리가 운 좋게 이어져 있는 걸 발견하기도 하지만 어떨 때 는 아무리 다리를 놓으려 노력해도 반듯하게 연결되지 않는다. 특 히 칭찬보다는 위로를 건넬 때가 어렵다. 혹여 남 일이라고 쉽게 말하는 것처럼 보이지 않을까 싶어, 그 경계선이 명확하게 보이지 않을 때는 말이 좀처럼 나오지 않는다.

　주디는 자신이 고아원 출신이라는 것을 알고 있는 반 아이들에 대해 회상한다. 평범한 가정집에서 부모님과 함께 살지 않는 '남 과 다른 아이'를 이상하게 보는 아이들은 많았지만, 그중 가장 싫 었던 것은 '선심 쓰는 척하는 아이들'이었다고.

고등학교 때는 여자아이들이 삼삼오오
모여 서서 절 빤히 쳐다봤죠. 제가 남과 다른
이상한 아이라는 걸 다들 알았거든요.

그러다가 으레 선심 쓰는 아이들 몇몇이
다가와 품위 있는 태도로 말을 걸곤 했지요.
저는 그 애들이 모두 다 미웠어요.
특히 선심 쓰는 척하는 애들이 제일 미웠습니다.

다른 사람에게 좋은 사람처럼 보이고 싶은 마음은 누구에게나 있다고 생각한다. 물론 모든 사람에게 사랑받을 수는 없고 딱히 그걸 원하는 것도 아니지만, 그래도 굳이 미움을 받는 것보다는 사랑받는 사람이 되는 편이 마음 놓인다. 그러나 좋은 사람이 되기 위해서 다른 사람의 불행을 이용하는 마음은 치사하다. 다른 사람을 위로할 때, 그 행위를 통하여 자신이 더 우위에 있다는 것을 확인하려 할 때 특히.

다른 사람의 행복과 불행을 자신의 잣대로 재어 판단하고 평가하는 것은 자격 없는 우월감을 기반으로 한다. 게다가 그 일이 자기에게는 일어나지 않으리라 믿는 오만함까지. 호의로 친절하게 대해주는 마음과 우월감이 바탕이 된 마음은 어린아이라도 금세 구분할 수 있다.

아마 내게도 나의 행운과 남의 불행을 비교하는 마음의 씨앗이 전혀 없다고 당당하게 말할 수는 없을 것 같다. 그러나 적어도 그 씨앗에 자꾸 거름을 주지는 않으려 노력하는 것이 우리가 서로에게 좋은 사람이 될 수 있는 방향이지 않을까.

누군가를 위로할 때는 비교가 필요 없다. 적어도 다른 사람의 사적인 이야기를 듣게 될 때에는 최대한 나의 기준을 멀리 떨어뜨려 그의 상황을 나나 혹은 다른 누군가에 대입하지 않으려고 노력한다. 가능한 한 너의 기준, 너의 생각, 너의 마음을 묻고 그것을 내가 할 수 있는 말의 근거로 삼고자 한다. 그게 지금으로서는 내가 다른 이를 위로할 수 있는 최선의 방식이다.

더 힘든 사람도
있다는 위로

여행 작가라는 직업이 처음 등장하기 시작했을 때, 좋아하는 여행을 하면서 일도 병행할 수 있다는 점에 많은 사람이 그 직업을 동경했던 것 같다. 여행 작가를 꿈꾸는 사람들이 많아질 즈음 들은 한 작가의 인터뷰가 기억난다. "주변에서 여행 작가를 하겠다고 하면 무조건 말린다"는 요지의 답변이었다. 여행이 일이 되면 그 시간을 고스란히 즐길 수 없기 때문에 그리 좋기만 한 직업은 아니고, 생각보다 어려움이나 고충이 상당히 많다는 것이다. 무슨 뜻인지 이해가 갔다.

그런데 꽤 재미있는 사실은 각광받는 연예인, 셰프, 운동선수 등 다양한 직업군의 사람들이 자신의 직업을 동경하는 사람들 혹은 자식들에게 '이 일만은 안 했으면 좋겠다'고 말한다는 것이다. 모든 일에는 그 일만의 어려움이 있기 마련이고, 누구나 자신의 일에서 생기는 고충을 가장 잘 알고 있으니 말이다. 아마 이 세상에 안 힘든 일은 없을 것이다.

하지만 어떤 일이 더 힘들고 어떤 일이 덜 힘들다고 정확하게 비교하는 것은 불가능하다. 사람마다 느끼는 정도는 다르기 마련이니까. 만약 누군가 나에게 숫자 계산하는 일을 시킨다면 나는 간단한 수준에도 엄청난 스트레스를 받겠지만, 고양이를 돌보는 일이라면 좀 손이 많이 가도 남들보다 즐겁게 할 수 있다. 결국 각자의 기준에서 덜 힘든 일, 힘들더라도 더 즐거운 일을 찾는 게 중

요하지 않을까? 남들이 보기에 좋아 보이는 일이라도 나에게 고통스럽다면 과감하게 다른 길을 찾아보는 것도 좋을 것이다.

물론 그런 타이밍마다 "너보다 더 힘든 사람도 있는데 이 정도는 버텨야지!"라고 말하는 사람이 꼭 나타나곤 한다. 하지만 나보다 더 행복한 사람이 있다고 해서 내 행복이 아무것도 아닌 게 아니듯, 나보다 더 힘든 일을 겪는 사람이 있다고 해서 내 괴로움이 반감되는 것도 아니다.

세상 어디엔가 있는 누군가보다 내가 좀 더 낫다는 식의 위안은 근본적으로 내 어려움을 줄여주지 못한다. 행복과 마찬가지로 고통에 눈금을 달아 재어볼 수도 없는 노릇이고 말이다. 더불어 "내가 너만 할 때 겪어봐서 아는데"라고 시작하는 말 역시 그 사람의 경험담일 뿐 나의 미래에 적용될 수 없다.

무엇보다도 남의 불행을 자신의 안도감을 위한 재료로 사용하지 않았으면 한다. 입장을 바꿔서 생각해보라! 내 삶은 남에게 위안을 주기 위한 비교 대상이 아니다.

오늘 아침 설교에서 글쎄 주교님이 뭐라고
그랬는지 아세요?
"성경에서 우리에게 해주신 가장 은혜로운
약속은 바로 '가난한 자들이 항상 너희들과 함께
있느니라'라는 말씀입니다. 가난한 자들을
이 땅에 만드신 이유는 우리로 하여금 자비로운
마음을 갖게 하기 위함입니다."

잘 들어보세요. 가난한 사람들은
일종의 쓸모 있는 가축이라는 거잖아요.
제가 이렇게 나무랄 데 없는 숙녀로 자랐기에
망정이지, 안 그랬으면 예배가 끝나는 대로
강단으로 뛰어올라가 주교님께
제 생각을 똑똑히 말했을 거예요.

나에게 의미가
있으면 됐어요!

집에 통 입을 옷이 없다. 옷장 가득 옷이 쌓여 있는데 새 옷이 없을 뿐이라는 은유적인 표현이 아니라 정말 옷의 가짓수가 별로 없다. 한때 그렇게 쇼핑을 많이 했는데 왜 이렇게 옷이 없는지 생각해보니, 최근 몇 년간 옷을 그다지 사지 않았다. 한동안 오래된 옷을 하나씩 끌어내어 버리는 데에는 과감해진 반면 새 옷은 거의 들이지 않게 된 것이다.

꾸미는 데 관심이 없어지기 시작한 것은 직장을 그만두면서부터였던 것 같다. 매일 외출할 때는 매일 다른 옷을 입어야 했지만, 일주일이나 2주에 한 번쯤만 사람을 만나다 보면 외출용 예쁜 옷은 한두 벌이면 된다. 20대 중반까지만 해도 하늘 높은 줄 모르고 치솟았던 쇼핑 욕구가 푸시시 사그라졌다는 것은 나의 사회적, 친목적 만남이 그만큼 줄어들었다는 뜻이기도 하다.

아무래도 상관없다는 생각이 드는 한편 다소 아쉬움이 남기도 한다. 가끔 친구들이 내가 모르는 화장품 브랜드나 명품 가방 이야기를 굉장히 자연스럽게 할 때면 나의 관심사와는 별개로, 어쩐지 보통의 삶에서 소외되어 있는 기분이 들기도 한다. 그러고 보니 최근에는 일부러 맛있는 걸 먹으러 외출하거나 '핫'하다는 장소에 가는 일이 별로 없어서 특별한 일상 기록을 남기는 데에도 게을러졌다. 즉 SNS에 올릴 만한 사진을 찍는 일이 없어졌다.

SNS에는 주로 일상에서 가장 행복하고 예쁘며 즐거운 순간이 기록된다. 물론 나의 가장 빛나는 시간의 조각만을 잘라 남들에게 보여주는 것은 그저 만들어진 행복일 뿐인지도 모른다. SNS가 인생의 낭비라는 말에도 나는 꽤 동의하는 편이다.

하지만 삶이 꼭 필요한 부품으로만 꽉꽉 채워져 있다면 그건 그것대로 얼마나 버거운 것인가.

우리 인생에는 낭비하는 부분이 꼭 필요한지도 모른다. 예쁜 순간을 만들어 남기기 위해서 일부러 좋은 곳에 가고, 맛있는 것을 먹으며 부지런을 떠는 게 만족스럽다면 그건 그것대로 좋은 게 아닐까? 다만 그게 남의 기준에서 행복해지기 위한 것인지, 나를 위한 행복인지는 들여다볼 필요가 있을 테지만 말이다.

실크 스타킹을 산 이유는
사실 좀 유치해요.
줄리아 펜들턴이
기하학 공부를 하러
매일 밤 제 방에 와서는
침대 위에 다리를 꼬고 앉거든요.
실크 스타킹을 신고서요.

저, 정말 한심한 아이죠?
하지만 적어도 저는 정직해요.
제 고아원 기록을 보셨을 테니,
제가 완벽하지 않다는 건
이미 알고 계시리라 생각합니다.

다른 사람들의 '보통'과 다르다고 느껴질 때 우리는 때때로 나를 바꾸면서까지 그 기준을 따라잡고자 애쓴다. 그런 마음이 드는 것은 이상한 일이 아니다. 우리는 완벽하지 않기에 늘 물결처럼 흔들리는 존재니까. 하지만 각기 입맛이 다른 사람들이 모두 동일한 과일나무에 손을 뻗을 이유는 없다. 남의 삶이 어떻게 생겼는지 들여다보고 부러워하다가 정작 나에게 중요한 것을 잊어버리지는 말아야 한다.

앞서 옷장 앞에서 새 옷을 사야겠다고 다짐한 것을 이내 까맣게 잊고, 얼마 뒤 나는 옷은 없는 채로 살아도 그만이니 20만 원짜리 캣타워를 망설임 없이 지르자는 쪽을 선택했다. 어떤 사람에게는 전혀 필요 없어 보이는 물건일지도 모르지만, 그게 나를 행복하게 만드는 종류의 소비라는 것은 의심할 여지가 없기 때문이다.

나의 마법 지팡이를
발견하는 일

'해리포터 시리즈'를 읽고 자란 세대라면 한 번쯤 어느 깊은 밤에 호그와트에서 보내온 입학 초대장이 내게 도착하는 상상을 해보았을 것이다. 혹은 어릴 때 보고 자란 마법 소녀 애니메이션처럼 어느 날 나에게 숨겨져 있던 특별한 능력을 발견하는 상상을 해본 적이 있을지도 모른다.

물론 오늘에 이르기까지, 꼭꼭 감춰진 나의 비밀스러운 정체성은 아직도 드러나지 않았다. 뭐, 차라리 잘됐다. 마법 지팡이를 들고 악의 무리와 싸우는 건 좀 무서우니까. 그냥 평범하게 학교에 다니고 일하는, 그런 평범한 일상을 영위하는 편이 나에게는 더 어울린다.

자신이 누군지 모른다는 건 서글픈 일이에요.
그런데 한편으론 설레고 낭만적이기도 해요.
아주 많은 가능성이 있으니까요.

나는 30년 넘게 해산물을 전혀 못 먹었다. 맛 때문이라기보다 그저 기분 탓이었는데, 바닷가에 놀러 가면 온통 해산물뿐이니 그 분위기를 다 즐기지 못하는 게 내심은 아쉬웠다. 그래도 먹는 습관이 단번에 바뀌는 것은 아니라서, 막상 눈앞에 말캉한 해산물이 놓여 있으면 영 젓가락이 가지를 않았다. 그런데 최근에 바닷가에 놀러 갔다가 그냥 별생각 없이 회에 도전했다. 딱히 계기가 있었던 것도 아닌데 말이다. 나이가 들면서 입맛이 바뀌어가는 것을 꽤 느끼고 있었지만 설마 해산물에도 입문하게 될 줄이야. 정말 오래된 식습관이었기 때문에 나 자신도 깜짝 놀랐다.

　아마 우리는 많은 수식어로 자신을 설명할 수 있을 것이다. 이를테면 나는 동물을 좋아하고, 영화를 잘 보지 않지만 책은 좋아하고, 공포영화는 절대로 보지 않으며, 총을 쏘거나 폭력을 쓰는 게임도 싫어한다. 항상 조용하고 평온한 상태에 머무는 것을 선호하는 편이며, 어떤 면에서는 신경질적일 정도로 예민하지만 또 어떤 면에서는 보통 사람들보다 훨씬 무디다.

　하지만 성격, 취향, 입맛 등 나의 고유한 성향이라고 여겨졌던 요소들도 어느 순간 변할 수 있다. 과거의 나라면 전혀 예상하지 못했던 방향으로 바뀌는 것들도 있다. 그럼 그런 것들로 나를 제대로 설명할 수 있을까? 앞으로 10년, 20년 뒤에는 또 완전히 다른 사람이 되어 있을지도 모른다. 아마 누구도 자신에 대하여 확고하고 완벽하게 설명할 수는 없을 것이다. 그저 그 모든 변덕과 변화가 모여서 지금의 나를 이루고 있을 뿐이다.

내 꿈이 무엇인지 모를 때, 하고 싶은 일이 뭔지 모를 때, 당장 저녁으로 무슨 메뉴를 먹고 싶은지 모를 때도 있다. 하지만 우리는 항상 유동적인 존재고, 인생은 정해져 있지 않아서 더 설레는 날들의 연속이다. 너무 불안해할 필요 없다. 아직 잘 모른다는 건 여전히 내게는 마법 지팡이를 발견할 가능성이 남아 있다는 뜻이기도 하니까.

나를 발견하는 중이에요

그 사람에게는
그 나름의 이유가 있을 거예요

　잡지에 글을 쓰는 일을 했을 때는 글이 한 달에 한 번 지면에 실렸기 때문에, 독자들이 읽는 시점은 내가 글을 쓸 때보다 한참 뒤였다. 발 빠르게 바뀌는 이슈에 대해서 다룰 수 있는 속도의 매체는 아니라서 대체로 예민하고 날카롭기보다는 느긋하고 부드러운 느낌으로 독자들을 만났다. 잡지 홈페이지나 블로그 후기를 통해서 종종 기사에 대한 감상을 발견하기도 했지만, 즉각적인 반응을 볼 수 있는 경우는 거의 없었다. 그리고 보면 내가 더 어렸던 시절에는 잡지 마지막 장에 독자 카드가 달려 있었고, 독자들은 그 엽서에 자신의 감상이나 생각을 적어 편집부에 보내는 것으로 피드백을 했다. 매우 느릿한 소통이었다.

　최근에는 잡지 기사는 물론이고 다양한 매체의 글과 사진, 영상 등의 콘텐츠가 인터넷을 통해 발 빠르게 퍼져나간다. 당연히 글에 대한 반응도 초 단위로 생생하게 받아볼 수 있게 되었다. 다양한 의견을 나눌 수 있어 좋은 점도 있지만 걸러지지 않은 날것 그대로의 생각을 받아보는 일이 힘겨울 때가 더 많다. 콘텐츠를 게재하는 채널이 다양해지면서 연예인에게만 악플이 달리는 게 아니라는 걸 금세 깨달았다. 포털 사이트 메인에 걸리기라도 하면 글의 내용과 상관없는 인신공격, 비난, 혼내는 어조의 훈계 등의 댓글이 순식간에 쏟아진다.

　내용을 제대로 읽지도 않고 그저 부정적인 에너지를 쏟아내는 댓글은 최대한 신경 쓰지 않으려고 노력하지만, 인터넷을 통해 소통하다 보면 확실히 세상에는 많은 입장이 공존한다는 것을 느끼게 된다. 한 편의 글도 본래의 의도와 상관없이 읽는 사람에 따라 전혀 다른 감정을 느끼게 된다는 걸 실감했다.

한번은 '꼭 아이를 낳을 필요는 없다고 생각한다'는 요지의 글을 썼는데, 그걸 읽고 중년의 독자분이 메일을 보내오셨다. '아이를 낳는 것은 나무가 열매를 맺고 씨앗을 뿌리는 것과 같은 자연스러운 섭리다'라는 내용의 조언을 무척 점잖게 전달하는 글이었다. 그분은 실제로 아이를 낳아 키우고 있고, 그 삶에 매우 만족하며 살고 계신다고 했다.

우리는 두어 번의 정중한 메일을 주고받았고, 누구에게나 각자의 선택이 있기 마련이라는 나름의 결론을 맺었다. 그분은 임신과 출산의 선택권이 개개인에게 있다는 사실을 어느 정도 이해해주신 것 같았고, 나 역시 그분이 살아온 세대와 환경에서는 아이를 낳은 것이 자연스러운 축복이었으리라는 사실을 이해했다.

아저씨,
저는 사람에게 꼭 필요한 능력이
상상력이라고 생각해요.
상상력이 있어야 나 아닌 다른 사람의
입장에서 생각할 수 있어요.
친절과 공감과 이해심도 생겨요.

아마 자기만의 틀에 단단하게 갇혀 있는 사람들이 결국 꼰대가 되는 게 아닐까. 내 생각이 옳다는 기준이 너무나 확고해서, 시대적 변화나 다른 사람의 입장에 대해 생각하려 하지 않기 때문에.

사실 세상에는 나쁜 사람도 있겠지만, 악의가 없는 사람들이 더 많다고 생각한다. 그러나 악의 없이도 우리는 서로를 상처 입힐 수 있다. 이때 필요한 게 바로 상상력이 아닐까. 나와 생각이 다른 사람이 있더라도 그들 모두가 자신의 내면에는 타당한 이유와 근거를 가지고 있으리라는 사실만 이해해도, 자신의 방식을 남에게 억지로 강요하는 일은 줄어들 것이다.

세상에는 나와 맞는 사람도 있고, 맞지 않는 사람도 있다. 그것을 억지로 맞춰가거나 이해받으려고 노력할 필요는 없다. 하지만 적어도 그 사람에게도 나름의 이유가 있다는 것을 상상해보려고 한다. 그러면 궁극적으로는 그만큼 나의 세계가 넓어지리라 믿기 때문이다.

2장

행복에
대해
알려드릴게요

아저씨가 보내주신 꽃은

제 인생에서 처음 받아본 진실한 선물이었어요.

제가 얼마나 어린애 같았냐면요,

너무 행복해서 엎드려서

엉엉 울었답니다.

인생이란
질 때도 있는 법

높은 곳도 가뿐하게 점프해 오르는 고양이도 때로는 발을 헛디디거나 착지를 잘못해 굴러떨어진다는 사실을 아시는지. '원숭이도 나무에서 떨어질 때가 있다'는 속담이 괜한 말이 아니었다. 고양이들은 평소에 잘 뛰어오르던 곳인데도 가끔 거리 계산을 잘못했는지, 아차 하는 순간에 바닥으로 떨어져버릴 때가 있다. 제대로 착지하지 못해서 조금 웃긴 꼴이 되지만 고양이는 결코 자책하거나 좌절하지 않는다. 바로 몸을 일으켜 고개를 꼿꼿이 들고는 아무 일도 없었다는 듯이 다른 곳으로 가버린다. 보는 사람은 그 뻔뻔함에 혀를 내두르며 감탄할 수밖에 없다.

주변에 취업을 준비하는 친구들을 보면 이력서를 넣어 지원하

는 '과정' 자체를 두려워하는 경우가 많다. 그 회사에서 원하는 조건 하나하나에 내가 들어맞는지 매우 신중하게 살피고, 하나라도 맞지 않으면 지레 포기하거나 다음으로 미룬다. 사실 그 마음을 나 역시 누구보다도 잘 안다. 나 또한 입사 지원을 할 때 다른 것보다도 경쟁률을 제일 먼저 확인하는 사람이었기 때문이다. 경쟁률이 조금이라도 높으면 실력 좋은 이들과 경쟁하기 싫어서 아예 지원조차 하지 않았다.

실패할 것 같으면 도전하지 않는 것이 마음 편했다. 원하는 일의 기준에 내가 못 미친다는 것을 객관적인 지표로 확인받는 것이 괴로웠다. 실패를 거듭하는 과정이 자존감을 깎아내릴 것 같아, 차라리 홀로 안전한 세계에 머물러 있고 싶었다. 하지만 아무리 승률이

높아도 모든 게임을 100퍼센트 이기는 선수는 없다. 크고 작은 실패를 경험하지 않고 살아가는 것은 기본적으로 불가능하다.

처음부터 실패를 두려워하지 않는 사람이 있을까? 잘 생각해보면 우리는 모두 실패를 딛고 자랐다. 태어났을 때부터 기고 걷고 뛰다가 자전거를 탈 수 있게 되기까지, 한 번에 성공했던 일은 아무것도 없었으니까. 그때마다 매번 좌절했다면 지금처럼 이 모든 게 아무렇지 않은 일이 될 수 있었을까? 실패에 무뎌지기 위해서는 결국 실패를 반복해서 겪어보는 수밖에 없다. 피할 수 없다면 차라리 익숙해지는 것이다.

인생을 '최대한 능수능란하고
정정당당하게 승부해야 하는 게임'
정도로 여기려고 해요.
그래서 져도 어깨 한 번 으쓱하고는
웃어넘길 거예요.
이길 때도 마찬가지고요.

그냥 휴대폰 게임을 할 때처럼 어떨 땐 이기기도 하고 어떨 땐 질 수도 있는 게 인생이라는 것을 받아들이면 모든 게 조금은 더 쉬워질까? 원하든 원치 않든 때로는 실패하고, 하던 일이 엎어지고, 계약서도 믿을 수 없을 때가 있음을 배워가면서 나도 예전보다는 모든 걸 지나가는 과정이라고 받아들일 수 있게 된 것 같다.

확실한 것은 원하는 일이 있다면 아무것도 하지 않는 것보다는 무엇이라도 하는 게 무조건 낫다는 것이다. 회사를 그만두고 프리랜서가 되기로 결정한 뒤에는 특히, 나의 가능성을 확인하기 두렵다고 머뭇거리고 있을 수만은 없었다. 나를 불러주는 곳은 없기 때문에 능력을 스스로 증명해 팔아야 했다. 당장 할 수 있는 일이 없고 시간은 많았기 때문에 그냥 인터넷에 글을 써서 올렸다. 그땐 어딘가 소속되지 않고 혼자 글을 써서 돈을 번다는 게 내 세상에서는 일어나기 쉽지 않은 막연한 일로만 여겨졌는데, 인터넷에 올린 글 덕분에 책을 출간하는 등 뜻밖의 기회들이 똑똑 문을 두드려 왔다.

완벽하게 준비가 될 때까지 기다리다가는 기회가 스쳐 지나가는 것을 미처 알아볼 수 없을지도

모른다. 실패에 완전히 초연해지는 것은 어렵지만, 실패한다고 해서 내 삶이 '게임 오버'되는 것은 아니다. 몇 번이고 다시 시작할 수 있으니까, 차라리 많은 실패에 부딪친 뒤 무뎌지는 것도 괜찮다. 지든 이기든, 어깨 한 번 으쓱이고 웃어넘기며 '다시 시작'을 클릭하다 보면 어느새 반걸음 정도는 내가 원하는 목표에 가까워져 있지 않을까?

자잘한 불행이
겹치는 하루

아침부터 어쩐지 일이 잘 안 풀리는 날이 있다. 출근하는 길에 카페에 들러서 평소처럼 커피를 주문했는데 한참 걸어와서 한 모금 마셔보니 분명히 빼달라고 했던 시럽이 추가되어 있는 날. 직장 상사가 점심시간에 '요즘 살찐 것 같은데 한 그릇 다 먹게?'라고 쓸데없이 간섭하는 걸 참고 겨우 표정을 관리했는데, 사무실로 돌아오는 길에 실수로 휴대폰을 떨어뜨려 액정에 실금이 가버리는 날. 간신히 대외용 표정을 유지하며 폭염을 뚫고 집에 돌아오는 길에 지하철에서 모르는 사람이 내 몸을 덥석 잡으며 새치기하는 그런 날.

그 사소한 일들이나 지나치는 사람들이 내 인생에 지대한 영향을 미치는 것은 아니지만, 어떤 날에는 유독 화가 치밀어 올라 세상 모든 게 다 어긋나 있는 것처럼 느껴진다. 사실 나는 스트레스에 몹시 약한 편이다. 스트레스를 현명하게 흘려보내지 못하고 그 묵직한 감정에 얽매여 사고 회로가 온통 엉망진창이 되어버릴 때가 종종 있다. 직장에 다닐 땐 '지옥철'이 나를 악마처럼 활활 끓어오르게 했고, 잘 모르는 사람들의 오지랖 한마디에 대응할까 말까 하고 수십 번 갈등하는 짧은 순간에 내 에너지를 몰아 쓰곤 했다. 스트레스에 휘둘리는 것이 결국 나를 괴롭힐 뿐이라는 걸 알면서도 쿨하게 털어내는 일이 쉽지 않다. 스트레스가 결국에는 폭식과 불면으로 이어질 때도 많았다.

오히려 중요한 '사건'이 벌어졌을 때는 더 침착하게 생각할 수 있었다. 그러나 가끔은 남의 잘못을 용서하는 것보다 짜증을 누르

는 것이 더 어려웠다. 어차피 해결할 수 없는 사소한 스트레스와 짜증인데도 그에 사로잡히면 도리어 내 생활 곳곳에 그것을 간단히 흩뿌리게 되는 것 같다. 사실 그럴 때 가장 중요한 건 불특정 다수에게서 받은 스트레스를 정작 내 인생의 중요한 사람들에게 화풀이하듯 쏟아내지 않도록 주의해야 한다는 것이다.

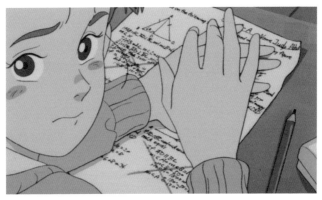

인생에서 인격이 필요한 건
큰 문제가 생겼을 때가 아니에요.
큰 위기가 닥쳤을 때 용기를 가지고 일어서서
비극에 맞서는 건 누구나 할 수 있어요.
일상의 사소한 짜증거리들을
웃음으로 넘겨야 할 때,
바로 그런 때 정신력이 필요한 거죠.

어디선가 '마음 근육'에 대한 이야기를 들은 적이 있다. 나는 운동에는 영 취미가 안 붙는데, 운동을 전혀 하지 않은 채 30대가 넘어가니 확실히 체력이 엄청나게 약해진 것 같다. 조금 움직이거나 가까운 곳에만 외출해도 쉽게 지쳐버린다. 계단을 오르거나 무거운 것을 잠깐 옮기는 것만으로도 숨을 헉헉거리다 보니 일상생활에 문제가 되겠다는 위기감이 들어, 이젠 더 이상 운동을 멀리할수만은 없다는 걸 실감하게 됐다. 쉽게 지치지 않는 체력을 위해서 몸의 근육이 필요한 것처럼, 자잘한 스트레스를 이겨내기 위해서는 정신적인 근육이 필요하다.

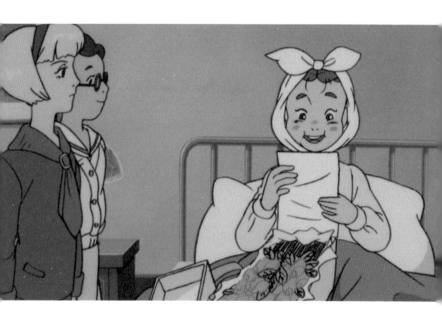

행복에 대해 알려드릴게요

　소소하고 확실한 행복이 있다면 사소하지만 분명한 불행도 있다. 옆에서 보기에는 별일 아니어도 그것은 나에게만은 또렷하게 작용하여 나의 평온함에 영향을 미친다. 하지만 내가 어찌할 수 없는 스트레스를 담대하게 이겨낼 수 있다면 일상이 보다 평온해지리라는 것은 틀림없다. 주디 역시도 점차 마음이 단단해지는 과정을 지나고 있는 것 같다. 사소한 짜증을 웃으며 넘길 수 있는 정신력과 여유로움은 무엇보다 나 자신을 위해서 필요하다.

행복하면
착해질 수 있어요

살면서 마주하는 수많은 역경과 고난을 이겨내면 우리 앞에는 본격적인 꽃길이 펼쳐질까? 아프니까 청춘이기에, 고통과 좌절을 겪고 나야만 비로소 우리에게는 행복해질 수 있는 자격이 주어지는 것일까.

그러나 삶이 우리의 고통과 행복의 총량을 정밀하게 계산하여 공평하게 배분해주지 않는다는 걸 깨닫는 데는 그리 오래 걸리지 않는다. 추후의 행복이 반드시 보장되는 것도 아닌데, 행복에 닿기 위해 지금의 고통을 참고 견디는 것이 과연 합당한 일일까?

살다 보면 내가 원하든 원치 않든 필연적으로 다양한 좌절을 마주하게 된다. 피할 수 없으니 알고도 부딪치는 것이고, 그 과정에서 배우는 것도 분명히 있다. 그렇다고 행복이 가르침에 게으른 것은 아니다. 행복은 우리의 시야를 넓게 해주고, 마음을 너그럽게 해주며, 세상을 조금 더 좋은 쪽으로 바라볼 수 있게 해준다. 사랑에 빠졌을 때 긍정적인 에너지가 넘치게 차오르면 모든 것을 용서하기 쉬워지지 않던가.

이미 많은 일을 겪어본 어른들은 자신의 경험을 토대로 어린 후배들에게 조언을 던진다. 하지만 첫 회사에서 적응하기 힘들어하는 사회초년생의 어려움을 진심으로 공감해주는 어른은 많지 않다. 사회생활에 익숙해지는 데 필요한 과정이라며 당연한 듯 여기거나, 오히려 그 시기를 단단하게 보내야 한다고 불친절한 채찍질을 가하기도 한다. 물론 나중에 돌이켜보면 그 기억도 추억이 되고, 더 성숙한 나를 만든 밑바탕이 되었는지도 모른다. 하지만 그 당시에는 그냥 막막하고 어려운 시간일 뿐이다. 모든 게 서툴고, 세상에 내 자리가 없는 것 같아 머뭇거리고, 태어나서 처음 걷는 아이처럼 전부 새로 배우느라 버겁다.

'지나고 나면 다 추억'이라는 말에 기대어 지금을 참아낼 수 있을까? 그것은 결국 스스로가 그렇게 여길 때에만 의미가 있는지도 모른다. 다른 사람들이 나의 고통스러운 시절을 아무리 미화한다 한들, 견딜 만한지 그렇지 않은지는 본인이 결정할 일이다.

앞으로는 모두에게 착하고 상냥하고 친절하겠습니다.
왜냐하면 저도 이제 매우 행복하니까요.
역경과 슬픔과 절망이 정신력을 키운다는
의견에 동의하지 않습니다.
행복한 이들이 온정이 넘치죠.
저는 염세주의(근사한 단어예요! 방금 배웠어요.)를
신봉하지 않습니다.

주디에게 고아원 시절은 주디를 강하게 자랄 수 있도록 해준 특별한 시절이었는지도 모른다. 하지만 주디는 그 점을 어느 정도 인정하면서도 그 시기를 감사하게 여기지는 않는다고 못을 박는다. 이제 행복해졌으니까, 다른 사람에게 나누어줄 수 있는 온화함도 여분이 생기게 된 것이다.

군이 역경과 슬픔과 절망을 겪어서 강해질 필요는 없다. 오히려 내 마음이 말랑하고 여유로울 때 다른 사람의 마음을 보다 가깝게 헤아리고 어루만질 수 있다. 내가 겪었던 불행을 다른 사람을 통해 다시 되뇔 필요가 없고, 다른 사람의 현실에 내 과거를 투영하여 고통을 되살릴 필요가 없을 때, 상대방의 괴로움을 더욱 걱정하는 친절한 사람이 되는 경우가 많다.

젊을 때 고생을 사서 할 필요가 뭐가 있을까. 힘든 일을 겪어야 한다면 어쩔 수 없지만, 겪지 않으면 더 좋은 일이다. 그러니까 다른 사람의 힘든 시간에 대해서 마치 행복을 위한 자양분을 쌓고 마일리지를 적립하고 있다는 듯 대수롭지 않게 말하지는 않았으면 좋겠다. 세상이 누군가의 따뜻함과 희생으로 아름다워질 필요가 있다면 우리는 결국 각자 행복해지기 위해서 노력해야 한다.

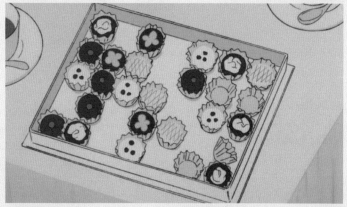

일상을
떠나는 일

"나 내일 쉬는 날이야!"

휴일이 불규칙한 일을 하는 친구의 한 마디가 불을 지폈다. 평일 저녁에 그냥 맥주나 한잔하자고 만난 세 명이 그대로 강릉으로 내달렸다. 다른 직장인 친구도 마침 여름휴가였고, 나도 어쨌거나 프리랜서니까 30대의 즉흥 여행이 가능했다. 밤 8시에 출발해서 강릉까지는 3시간이 걸렸다. 11시의 밤바다는 까맣게 출렁이고 있었고, 해변의 술집들만 불이 반짝였다. 서울은 37도의 폭염이 이어지고 있는 중이었는데 놀랍게도 강릉에서는 선선한 가을바람이 불었다. 3시간 만에 계절 하나를 뛰어넘은 느낌이었다.

갑작스레 출발한 강릉행이라 챙겨온 게 아무것도 없어서 편의

점에서 렌즈 액을 사고 눈앞에 보이는 숙소를 잡았다. 해변의 그네에 걸터앉아 새까맣게 펼쳐진 바다를 바라보는 것만으로도 마음이 홀가분했다. 당일치기와 다름없는 짧은 여행이라도 집에서 멀어지면 몸이 허공으로 들뜬 것처럼 묘한 기분이 든다. 어디에도 속하지 않은 듯한 불안정한 분위기가 오히려 무엇이든 할 수 있는 자유로움을 가져오는 모양이다.

요즘엔 일이 바빠진 탓에 매번 '이번 마감만 끝나면' 하고 여행을 벼르고 있었는데, 계획적인 일이 어려운 것처럼 계획적인 휴식도 쉽지 않다. 이것만 하고, 이것만 끝내고……. 그러다 보면 어느새 한두 계절이 훌쩍 지나가 있다. 차라리 이래도 되나 싶을 때 일부러라도 과감하게 떠나는 것도 나쁘지 않은 것 같다. 내일의 할 일은 내일의 내가 해결하라지…… 물론 이렇게 생각하는 건 곤란할지도 모르지만.

기숙사에 남아 있는 것보다
짐 가방을 꾸려 멀리 떠나는 것이
훨씬 신나기도 하고요.

　나는 일상적인 일들을 좋아한다. 아침에 침대에서 일어나 고양이 밥을 주는 일, 간단히 장을 보고 와서 냉장고를 채워 넣는 일, 커피와 간식을 세팅하는 일, 노트북을 켜서 일하면서도 오늘 저녁은 뭘 먹을 건지 친구들과 시시콜콜 메뉴를 공유하는 일 같은 것들.

　하지만 소중한 일상을 잠시 그 자리에 남겨둔 채 어딘가로 떠나는 것은 내게 보다 다채로운 즐거움이 허락된다는 느낌을 준다. 주디에게 고아원을 떠나 기숙사로 들어온 일은 아주 새로운 세계가 펼쳐진 것 같은 변화였지만, 어느새 기숙사는 주디의 안전한 일상이 됐다. 언제까지고 방랑자처럼 떠도는 게 적성에 맞는 사람들도 있겠지만, 나는 일상이 땅 위에 단단히 고정되어 있다는 걸 확인한 뒤에 어디론가 떠나는 편이 마음 놓인다. 돌아올 곳이 있다는 걸 알고 있을 때 '짐 가방을 꾸려 멀리 떠나는 것'은 훨씬 더 신나는 일이 된다.

적당히,
우리 대충 삽시다

　일하면서 알게 되어 어쩌다 보니 꽤 오랫동안 인연을 이어오고 있는 분과 최근 프로젝트 작업을 같이 하게 되었다. 마음 맞는 사람들끼리 즐기면서 하자는 취지로 시작한 일이었지만, 사람들이 모이면 나는 기합이 잔뜩 들어간다. 폐를 끼치면 안 될뿐더러 내가 맡은 몫만큼의 능력치를 보이지 못하면 안 된다는 부담감에 자연스레 몸이 굳는다. 그래서 나는 일을 할 때는 가능한 한 농담에서 빠져나와 분위기를 맞추기 위한 미소 정도만 짓는다. 즐기느라 열심히 하지 않는 것처럼 보일 수 있는 모든 가능성을 미리 차단하기 위해 애쓴다.

　그런데 하루는 메신저로 가볍게 진행 상황을 공유하다가 그분

이 마지막에 이런 메시지를 보내왔다.

"열정적으로 하는 거 너무 싫어요. 대충 합시다."

태어나서 처음 읽어보는 뜻밖의 문장에 나도 모르게 어깨에 들어가 있던 긴장감이 풀리는 것 같았다. 물론 프로답게 제 역할을 해내는 것은 중요하겠지만, 서로에게 지나친 책임감을 기대하는 것도 분위기를 무겁게 만든다. 작은 실수에도 예민하게 서로를 질책할 준비가 되어 있는 사람들보다 '그럴 수도 있지' 하고 털어내는 사람들과 일하는 것이 즐겁다.

힘 딱 빼고, 그냥 능력 닿는 만큼만 대충 하자고, 애쓰거나 노력하지 말자고 말해주는 사람이 있다는 데에 솔직히 조금 감탄했다. 사실은 스스로 너무 무리하지 말자고 생각할 때에도 남들 앞에서

는 차마 그 말이 입에서 떨어지지 않는다. 왠지 제 역할을 다하지 못하는 것 같아서, 남들이 열심히 살고 있는 세상에 무임승차하는 것처럼 보일까 봐서다. 그래서 매번 나는 필요 이상으로 진지해 보이려고 애썼던 것 같다.

아무리 내가 좋아서 하는 일이라 해도, 굳이 열정을 바닥까지 끌어 쓰면서 애써야 할까? 꼭 내 능력을 치약 짜듯이 마지막까지 뽑아내어 소진시켜야 '잘했다'고 인정할 수 있는 것인가.

요즘은 바시키르체프의 일기를 읽고 있어요 굉장하죠?

이 문장 한번 보세요.

'지난밤 나는 절망에 사로잡혀서 구슬프게 신음하다

결국은 식당 벽시계를 바다로 던져버리고 말았다.'

이 문장을 보니 제가 천재가 아닌 게 천만다행이에요.

천재가 곁에 있으면 무지 피곤할 거 아녜요.

가구도 다 망가질 테고요.

작가가 되기 위해 대학 교육을 받고 있는 주디에게 지금 가장
필요한 행운은 '천재성'인지도 모른다. 하지만 소녀는 천재가 아
니어서 다행이라고 딱 잘라 말한다.

나는 영웅이 등장하는 영화는 잘 보지 않는다. 만약 평범하게
살던 나에게 어느 날 누군가 지구를 구해야 한다는 사명을 부여한
다면 도저히 제대로 해낼 수 없을 것 같다. 우주가 선택한 0.001퍼
센트의 특별한 존재가 아니라서, 그냥 나는 내 몫의 삶만 평범하
게 살아내면 되는 존재라서 참 다행이지 않은가.

　고뇌에 빠지고 매사에 심각한 게 멋있어 보이던 시절도 있었지만, 지금은 내면의 고통이 아니라도 외부에서 오는 뜻하지 않은 고난이 많다. 그러니 오히려 대충, 여유롭게 할 수 있는 마음가짐을 가지고 싶다. 스스로에게 지나친 기대를 얹고 싶지 않다. 내가 평범한 사람이라는 게 내가 아무것도 제대로 해내지 못하리라는 의미는 아니다. 그저 세상을 이끌어가는 훌륭한 사람이 될 필요까지는 없고, 그냥 적당히 일하면서 보통의 행복을 누리면서 살아가면 그걸로 충분하다.

그건 내 잘못으로 인한
괴로움이 아니에요

"나 오늘 민낯이라서 부끄러워."

"내 몸에 이런 옷을 입으면 사람들이 욕하지!"

"내 나이는 이제 당당히 말하기가 좀…….'"

지인이나 친구들끼리 대화할 때 종종 나오는 이야기다. 민낯이라고, 뚱뚱하다고, 나이가 많다고 주변에서 지적하는 것도 듣기 싫은데, 사방에서 깜빡이도 켜지 않고 날아드는 시선과 충고 덕택에 많은 사람이 스스로의 외모와 가치를 점검한다. 오차 범위도 없이 날씬한 몸매와 예쁜 얼굴을 매서운 기준으로 두고 있는 사회는 아무 잘못 없는 이들을 매번 주눅 들게 해왔다. 그런데 우리가 부끄러워하는 많은 것은 우리가 그 누구에게도 폐를 끼치지 않은 채로 지니고 있는 것들이다. 얼굴이나 몸매, 나이는 내가 무언가를 잘못한 결과로 나쁘게 얻은 것이 아니고, 따라서 숨겨야 할 요소들도 아니라는 뜻이다. 자격도 없이 남을 서슴없이 평가하는 행동이 훨씬 더 나쁘다.

마찬가지로 아이돌 그룹 같은 외모를 기준으로 하는 '예쁘다'는 말은, 하는 입장에서는 칭찬일 수 있지만 듣는 사람에 대한 근본적인 접근이 되기는 어렵다. 내가 노력해서 얻은 것이 아니기 때문에, 또 나의 노력과 상관없이 잃을 수도 있는 것이기 때문에, 나이가 들면서 자연스럽게 지나가는 것이기 때문이다. 사람마다 받아들이는 의미는 다르겠지만, 누군가의 가장 좋은 점을 '예쁨'으로 판단해버리는 건 그 상대에게 한계를 긋는 것이나 마찬가지일지도 모른다. 그런 건 내 의지로 컨트롤할 수 있는 매력 요소가 아님에도 불구하고, 그 말에 휘둘려 웃고 울어야만 할까?

가끔 지하철에서 앉은 자리를 양보하지 않기 위해서 일부러 눈을 감아버릴 때가 있다. 다른 사람을 상처 입히기 위해서 일부러 말의 모서리를 날카롭게 다듬어 아프게 꽂히도록 던질 때가 있다. 삶의 빛나는 일부를 떼어 드러내며, 그것이 내 삶의 전체인 것처럼 잘난 체를 할 때도 있었다. 다른 사람을 상처 입히거나 나 자신을 우습게 만들었던 일들, 성숙하지 못하거나 배려하지 못해서 후회되는 행동들, 부끄러운 것은 도리어 그런 일들이다.

고아였던 주디가 어린 시절에 입어야 했던 기부된 낡은 체크무늬 무명옷은 주디의 잘못이 아닐뿐더러 이미 지나간 일이다. 조금씩 과거를 털어내고 새로운 삶에 적응하고 있는 주디에게는, 우리에게는 더 많은 좋은 점이, 또 더 많은 좋은 일들이 생길 것이다.

예전의 저는 남들의 시선을
느낄 때마다 쭈뼛거렸어요.
그들의 시선이 제가 입은 새 옷이 아니라,
그 아래에 있는 체크무늬 무명옷을
꿰뚫어 보는 것만 같아서요.
하지만 이젠 체크무늬 무명옷 따위에
주눅 들어 있지 않을 거예요.
그 날의 괴로움은 그 날로 족하나니.

말이 통하는 누군가를
만나는 일

평소에 나는 거의 하루 종일 고양이와 함께 지낸다. 아마 집사라면 누구나 고양이에게 말을 걸어보곤 할 텐데, 개중에는 대답을 무척 잘해주는 고양이들도 있다.

"제이야, 배고파?"

"냐아아앙."

"언니 피곤하다, 아리야~"

"냐앙!"

고양이는 원래 울음소리로 소통하지 않는 동물인데, 사람과 이야기하기 위해서 이렇게 울음소리를 낸다고 한다. 그렇게 노력해주다니 정말 기특하지 않은가! 이름을 부를 때마다 고양이가 '듣고 있다옹' 하는 듯이 대답해주는 것만으로도 마음이 통하는 듯해서 기쁘다.

　사실 직장 생활을 할 때는 매일 필연적으로 사람들과 일정 분량의 대화를 나눠야만 했고, 때로는 그렇게 시답잖은 대화를 이어가는 게 부담되기도 했다. 하지만 프리랜서가 된 지금은 주변에 비슷한 일을 하는 사람이 거의 없어서 그럴듯하게 업계 동향을 나누거나 업무적인 고충을 털어놓기가 좀 어려워졌다. 아무래도 '일'적인 부분은 일상에서 가장 많은 비중을 차지하고 있으니까, 그 이야기를 자유롭게 나눌 상대가 없는 게 가끔은 좀 외롭다.

록 윌로우 농장 사람들의 세상은

오로지 이 언덕에만 한정되어 있어요.

넓은 세상 따위에는 전혀 관심이 없고요.

그런 점은 존 그리어 고아원과 아주 똑같아요.

대화가 풍성한 대학 생활을 2년 하니까,

이제는 대화가 몹시 그리워 견딜 수 없어요.

말이 통하는 누군가를 만나면 정말 반가울 거예요.

사람마다 '이런 사람을 만나고 싶다'는 막연한 이상형이 있을 텐데, 나는 대화가 잘 통하는 것이 무엇보다 중요하다. 서로에 대해서 속속들이 알 수는 없지만 적어도 서로가 보고 느끼는 이야기를 부드럽게 뭉쳐서 리듬감 있게 주고받을 수 있는 사람이 좋다.

　아무리 사랑하는 사람이라도 나와 안 맞는 부분이 있을 수 있다. 그때 내가 원하는 방향대로 상대를 바꾸는 건 어려운 일이다. 서로를 만나기 전 20년, 30년 동안 쌓아온 성향과 습관은 쉽게 변하지 않는다. 처음에는 대수롭지 않게 생각했던 문제가 시간이 지나면서 결정적인 일이 되어 서로를 괴롭힐 때도 있다. 사람은 개개인이 모두 다른 존재이기 때문에, 누가 꼭 나빠서가 아니더라도 생각과 방식의 차이가 벌어지는 것은 어쩔 수 없는 일인지도 모른다.

그 간극을 좁힐 수 있는 거의 유일한 방법이 대화가 아닐까? 말하지 않고도 알 수 있는 것들은 분명히 있지만, 반드시 말을 통해서만 정확하게 전달할 수 있는 것들도 있다. 좋아하는 사람이 내가 도저히 이해할 수 없는 가치관을 가지고 있다면, 혹은 나와는 전혀 전혀 다른 포인트에서 기쁨이나 슬픔을 느낀다면 그가 쌓아온 시간과 감정들에 대해 알고 싶어지기 마련이다. 사람이 모두 다른 것은 당연한 일이기에, 각자 지니고 있는 마음들에 대해 충분히 설명하고 이해하는 과정이 필요할 뿐이다.

주디는 방학을 맞아 농장에 놀러 왔지만 얼마 안 가 깊이 있는

행복에 대해 알려드릴게요

대화의 갈증을 느낀다. 편하고 즐거운 공간에 있다 해도 마음 맞는 사람들과의 풍성한 대화만큼 마음을 채워주는 일은 드문 듯하다.

어떤 대화는 제자리에서 머물고 어떤 수다는 아무 의미가 없을 수도 있지만 서로의 목소리에 귀를 기울인다는 것은 우리의 시시콜콜한 이야기가 서로에게는 어떤 사소한 의미를 갖는다는 뜻이다. 그 교류가 단절되면 우리는 제자리에 머무르는 것이 아니라, 잔물결 위에 놓여 있는 두 개의 뗏목처럼 보일 듯 말 듯 조금씩 멀어진다. 말이 잘 통하는 사람을 만나는 것은 확실히 인생의 커다란 행운 중 하나다.

행복해도 좋다는
허락

어린 시절에 대한 기억은 많이 없는데, 동화인지 전설인지 모를 오래된 이야기 하나가 아직도 기억난다. 행복하다고 느낄 때 입 밖으로 '행복하다'는 말을 내뱉어버리면 지나가던 악마가 듣고 행복을 빼앗아간다는 것이다. 그래서 혹시나 들키지 않도록, 행복하다는 말은 입 밖으로 꺼내지 말고 조용히 혼자 간직해야 한다는 이야기였다. 어린 나이에도 이 이야기가 인상 깊었는지 지금도 행복하다는 생각이 들 때면 운명이 나에게 장난을 걸어오지 않을까 하고 문득 입조심하게 될 정도다.

아마 행복하다는 감정을 솔직하게 표현하는 것을 다소 사치스럽게 여기던 시절이 있었는지도 모르겠다. 다들 각자의 어려움을 지니고 있으니까, 사는 게 모두들 고되니까, 그 앞에서 홀로 행복하다는 것을 드러내면 안 된다는 암묵적인 약속이 있었는지도 모른다. 그렇게 행복을 꽁꽁 숨겨놓은 탓에 지금은 많은 사람이 곳곳에서 행복의 실체를 찾으려 애쓰게 되었다. 문제는 행복이 어떻게 생겼는지 오래전에 잊어버려서 지금은 눈앞에 행복이 보여도 모르고 지나칠 때가 많다는 점이다.

게다가 겨우겨우 다양한 종류의 행복을 발견하게 되더라도, 행복하다는 말을 쉽게 꺼내지 못하고 머뭇거릴 때가 많다. 행복하다는 것을 인정하는 순간, 이때다 싶게 기다리던 불행이 덮쳐올 것 같다는 걱정이 언제나 고개를 내민다. 마땅히 내가 지닐 수 있는

것이라는 확신이 없어서 이만큼 행복해져버리면 또 불행이 닥치지 않을까 하고 겁을 내고 만다.

　물론 좋은 일은 종종 생긴다. 하지만 나에게 무척 기쁘고 획기적인 사건이 일어났다 해도 주변에 잘 알리지 않고 최대한 무덤덤하게 넘어가려 노력할 때가 많았다. 기쁨이 나누면 두 배가 되는 건 사실이지만 슬픔은 나누면 기정사실이 되었다. 좋은 일이 생기는 만큼 그걸 뒤집을 만한 나쁜 일이 생길지도 모르는데, 매번 그 희로애락을 업데이트하는 것이 부담스럽게 느껴졌다. 하지만 내게 찾아온 행운과 기회를 그 순간에 만끽하고 즐기지 않으면 즐거워할 타이밍을 놓치게 된다.

행복이 사그라지는 걸 겁내느라 막상 행복한 순간을 무미건조하게 흘려보내게 되는 것이다. 그게 너무 아깝다고, 기뻐할 때는 그냥 마음껏 그 순간을 누리는 것이 좋겠다고 최근에서야 생각하게 되었다.

우리는 스스로에게 행복을 허락하는 법을 배워야 하는지도 모른다. 행복한 상태를 그래프의 기준점이라고 생각하면 안 될까? 이상하게도 별걱정 없이 행복하게 사는 것처럼 보이면 세상이 억지로 걱정거리를 안겨주기도 한다. 돈은 얼마나 모았는지, 집은 언제 살 건지, 그렇게 여행 다니면서 놀다가 언제쯤 안정적으로 자리를 잡을 건지, 결혼하고 아이는 언제 낳을 건지……. 그럴 때 문득 주변을 둘러보면 행복보다는 걱정이 많고, 위로보다는 비난이 많은 세상을 살아가고 있는 것 같아서 때로는 몸에 힘이 빠지고 쉽게 지친다.

그러나 주디는 고아원 출신의 여자아이에게 대학교를 보내주는 후원자가 나타났다는 놀라운 행운을 겁내거나 불안해하기보다는, 넘치는 행복을 기꺼운 마음으로 흠뻑 받아들인다. 아마 주디가 그 행복을 자신의 몫이 아니라고 초조해했다면 이후의 삶은 전혀 다른 양상으로 흘러갔을 것이다.

　　스스로에게 행복을 허락하지 않으면 넘치는 행복도 발견할 수 없다는 사실을 이제는 알 것 같다. 그렇게 행복을 허락하지 않은 채로 왜 나는 행복해지지 않느냐고 세상을 원망하다 보면 홀로 멈춰 서서 점차 더 불행해질 뿐이다.

세상은 행복으로 넘쳐나고
사람들에게 골고루 돌아갈 만큼 충분해요.
우리는 다가오는 것을 맞이할
자세만 되어 있으면 돼요.
그 비결은 바로 유연한 마음가짐이에요.

나는 세상이 어쨌든 긍정적인 방향으로 움직이고 있다고 믿으려 한다. 일부러 세상 전체가 행복을 숨겨두고 우리를 메마르게 만드는 거라면 어차피 막을 도리가 없으니까, 좋게 생각해도 밑지지 않을 것이다. 한편으로 이런 생각도 든다. 어쩌면 주변에 작은 열매처럼 달려 있는 행복을 따는 일에도 연습이 필요한 것이 아닐까? 이미 깊게 여물어 고운 빛을 띠고 있는 행복의 열매를 우리는 그저 흘려보내고 있는지도 모른다. 단지 손만 뻗으면 잡을 수 있는데도 말이다.

저는 행복을
알아볼 수 있어요

스물일곱 살 때 장염에 처음 걸렸다. 원래 잔병치레가 없이 건강한 편이라서 기껏해야 감기 외에는 아파서 고생해본 적이 별로 없었다. 그런데 그때는 거의 일주일 동안 아무것도 먹지 못할 정도로 아팠다. 죽 한 그릇을 먹으려고 해도 내 장이 그걸 허락해줄 것인지 먼저 살펴야 했다. 내 몸에 그토록 온 신경을 기울여 대답을 듣고자 노력해본 건 처음이었다.

원래 먹는 걸 썩 즐기는 편도 아니었는데 그때는 말간 죽이 아니라면 뭐든지 먹고 싶었다. 죽집에 가서 빨간 김치를 새끼손톱만큼씩 야금야금 먹으면서 그 맛에 감격하고는, 몸에서 아직 아니라며 거부하면 또 그 잠시의 쾌락을 이내 후회해야 했다. 조금씩 회

복해서 평범한 식사를 할 수 있게 되었을 때, 어른들이 늘 말씀하시는 '건강이 세상에서 가장 중요하다'는 말이 뭔지 깨달았다. 더불어 맛있는 걸 거침없이 먹는 게 얼마나 행복한 일인지도.

　행복은 상대적이라서 똑같이 생긴 행복이 주변에 널려 있어도, 누군가는 그걸 발견하고 누군가는 발견하지 못한다. 최근에는 소소하고 확실한 행복이라는 의미의 '소확행'을 찾고자 하는 사람들이 많아지고 있다. 나 역시 '소확행'을 좋아하지만, 그럼 크고 잘 보이는 행복은 다 어디로 가버렸는지 가끔 궁금해진다. 소소한 행복은 해변의 모래알처럼 펼쳐져 있지만, 바위처럼 커다란 행복은 저쪽 동굴까지 찾아 헤매야 겨우 발견할 수 있는 것일까? 어쩌면

세상에는 행복의 총량이 있어서 누군가에게는 다 쓰지 못할 정도로 커다란 행복이 돌아가지만 다른 누군가는 그 부스러기만으로 만족해야 하는 건 아닐까.

　여유 있는 오후 시간에 마시는 커피 한 잔, 문득 쳐다본 하늘의 완벽한 빛깔, 고양이가 잠들어 있는 침대와 좋아하는 책들, 여행지에서 만난 마음에 쏙 드는 엽서, 그런 것 말고도 커다란 행복들이 있다. 쉽게 사기 힘든 비싼 물건을 가지게 되면, 어려운 도전을 해내면, 원하던 일을 성취하고 좋은 직업을 가지면, 그때도 우리는 말할 것도 없이 행복해진다.

　하지만 의외로 행복의 종류와 상관없이 그 유효기간은 대체로 비슷하다는 생각이 든다. 엄청나게 노력해서 원하던 대기업에 입사했어도 막상 출근하고 일상이 반복되면 그 안에서 소소한 어려움은 생긴다. 비싸게 산 새 카메라도 조금 지나면 중고가 된다. 어쩌면 그래서 아무런 노력도 들이지 않고 획득한 '소확행'이 역시 일상적으로 누리기에는 가장 가성비가 좋은 것인지도 모른다. 부스러기면 뭐 어떠한가.

제 주위엔 자신이 행복한지도 모르는
친구들이 많이 있어요. 행복에 젖어 있다 보니,
행복을 느끼는 감정이 둔해진 거예요.

하지만 저는, 제 인생 매 순간순간
행복하다고 느끼고 있어요. 아무리 힘든 일이
닥쳐도 계속해서 행복하다고 생각할 작정이에요.

큰 것이든 작은 것이든, 행복감을 감지할 수 있는 안테나를 예민하게 곤추세운 채로 살고 싶다.

아무리 힘든 일이 있을 때라도 내 안테나가 바람에 꽃가루처럼 실려가는 행복의 조각을 발견해주었으면 좋겠다. 그 예리한 감지 능력을 잃지 않고 간직한다면 잠시 행복하지 않은 시기가 있더라도 견뎌낼 수 있을 것 같다.

3장

어른이 되어도
나의 삶을
살 거야

결승점에 이르러서야 깨닫죠.
자신들이 늙고 지쳐버렸다는 것을,
결승점에 도달하느냐 마느냐는
중요하지 않다는 것을요.
저는 길가에 앉아 소소한 행복을 많이 쌓기로 했어요.

모르면
뭐 어때요!

같은 동네에 사는 언니가 오픈워터 자격증을 따러갈 거라고 했
다. 오픈워터가 뭐지? 알고 보니 일종의 스쿠버다이빙 자격증이
라고 한다. 수영을 못해서 바다에 가도 해변에 누워 있거나 무릎
까지만 물에 담그는 게 전부인 나로서는 그런 게 있는 줄도 몰랐
다. 하지만 물속에서 다양한 걸 하고 자격증까지 도전한다는 게
대단하고 부러웠다. 나는 아무것도 붙잡지 않고 물속에 몸만 들어
간다는 건 상상할 수가 없지만, 용기가 채워진다면 수영을 꼭 배
워보고 싶다는 생각은 한다. 나도 튜브 없이 물속에서 자유롭게
움직일 수 있게 된다면 좋겠다. 맑고 투명한 바다에서 남들 다 하
는 스노클링 같은 것도 겁먹지 않고 해보고 싶다.

사회에서 다양한 관심사를 가진 사람들과 만나다 보면 세상에
대해 내가 모르는 게 얼마나 많은지 알게 된다. 어디까지가 '지성
인이라면 당연히 알고 있어야 하는 상식'인지, 어디까지가 '흐엑!
어떻게 이걸 몰라?'인지 그것조차 알 수 없을 때도 있다. 프리랜
서 생활이 길어지다 보니 요즘에는 직장에서 쓰는 용어의 변화를
따라잡기도 어렵다. 대충 맥락이나 뉘앙스로 구분해서 고개를 끄
덕여버릴 때도 있다.

당연히 알고 있으리라는 합의가 깔려 있는 분위기 속에서 모르
는 걸 솔직히 드러내는 것은 좀 부끄럽다. 특히 학생 때는 오로지
성적으로 대부분의 평가가 이루어지기 때문에, 무언가를 모른다

는 게 마땅한 수준에 닿지 못한 것처럼 느껴졌다. 하지만 여전히 나는 농구 규칙을 모르고 학창 시절 내내 배운 영어도 엉망이다. 알고 보면 우리는 태어나서 죽을 때까지 수많은 카테고리를 넘나들며 무언가를 배우고 또 잊어가는 것을 반복하고 있는 게 아닐까? 배움은 공부에만 한정되는 것이 아니다. 그러니까 어차피 모든 걸 다 잘하는 사람은 없다.

아침에 제출할 과제물이 아무리 많아도
절대로, 절대로 밤에는 공부하지 않기로요.
그 대신 교과서 이외의 책들을 읽으려고 합니다.

반듯한 가정에서 가족과 친구들과 어울리며 서재가
있는 환경에서 자란 애들은 자연스레 알고 있는데,
저는 들어본 적조차 없는 것들이 많습니다.

　주디가 만약 친구들에 비해 모르는 것이 많다는 걸 깨닫고 혼자 의기소침해 있었다면 어땠을까. 잘난 척하는 줄리아의 이야기를 듣다가 작은 마음으로 괜히 뾰족한 말을 내뱉는 질투쟁이가 될 수도 있지 않았을까? 하지만 주디는 이제부터라도 씩씩하게 아직 시작 단계에 있는 자신의 문학 파트를 차곡차곡 채워갈 다짐을 한다. 모르는 걸 모르는 채로 두지 않기로 결심하는 것만으로도 주디의 지식과 감각은 아마 더 풍요로워졌을 것이다.

　무엇이든지 새로운 것을 배우면 그만큼씩 세계가 넓어지는 것은 분명하다. 사람마다 관심사는 다르고 잘하는 것도 다르니까 모르는 것은 그냥 물어봐도 좋다. 그만큼 내 삶을 이루는 요소가 더 풍부해지는 것뿐이다.

어른은 완성형이
아니에요

어릴 때는 제대로 학교를 졸업하고 어른이 되기만 하면 모든 게 다 술술 해결될 것 같았다. 고등학생 때도 대학교에 가기만 하면 모든 걱정거리가 해소된다는 말을 수없이 들었고, 이후에도 '어른이 되면' 참아왔던 것을 더 참지 않아도 되고, 못하던 것을 잘할 수 있게 되고, 세상 이치를 그제야 깨닫게 된다는 듯이 모두들 말했으니까.

나의 미숙함과 실수는 모두 내가 아직 어려서 일어난 일이니 어른이 되면 모든 일에 능숙해질 것만 같았다. 하지만 당연하게도 삶에 그렇게 명료한 경계선은 없었다. 저절로 나이를 먹어 어른의 단계에 접어들었다 한들 실제로 생각하고 움직이는 것은 새롭게

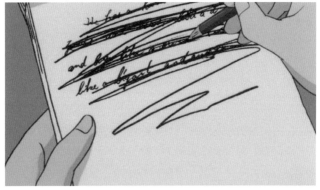

업데이트되지 않은 기존의 나였으니까. 내가 해본 적 없는 일, 나에게 익숙하지 않은 일인데 '어른'이라고 해서 저절로 잘할 수는 없었다. 그럼에도 현실에 부딪칠 때, 우리는 때때로 당황하면서 자신이 생각보다 어른스럽지 못하다는 사실에 기가 죽는다.

　대단한 걸 생각할 것도 없이, 오늘 아침만 해도 모처럼 밥반찬을 만들어보려다가 여기저기 구멍이 나고 너덜너덜해진 가엾은 달걀말이가 완성되고 말았다. 다 컸으니 어른답게 제대로 척척 해냈으면 싶지만 업그레이드 속도는 성인이 되었다고 해서 크게 달라지지 않는다. 오히려 어릴 때보다 느린 것도 같다.

　냉정하고 보편적인 기준을 토대로 다른 사람의 부족함을 지적하거나 실수를 비난하는 일은 간단한 일이다. 누구나 내가 직접하는 것보다 다른 사람을 판단하는 것이 쉽다. 하지만 우리는 모두 어느 부분은 서툴고 어느 부분은 부족하다는 점을 이해해야 한다.

오늘 아침에는 앨라배마에서 오신 주교님께
무척 인상적인 설교를 들었어요.
'비난받고 싶지 않거든 남을 비난하지 마라.'
왜 타인의 실수를 눈감아주어야 하는지,
왜 사람들을 가혹하게 비난해서 낙담시키면
안 되는지 그 이유에 관한 내용이었어요.

주디도 주변 사람들의 실수를 발견하는 경우가 있고, 때로는 자신이 의도치 않게 실수하는 일도 있었을 것이다. 고아원에서 재단 임원들을 대할 때, 대학교에서 친구들과 대화할 때, 남의 집을 방문할 때 주디 나름대로의 방식으로 최선을 다했어도 모두에게 그 의도가 온전히 전달되지는 않거나 때로는 오해가 생기기도 했을 것이다. 사람은 각자 다른 환경에서 자라고, 자신이 알고 겪어온 환경에 따라 세상을 보는 시선이나 대처하는 방식도 자연스럽게 달라지기 때문이다. 모든 사람은 자신의 행동에 대해 저마다의 근거와 이유를 가지고 있기 마련이다.

어쩌면 우리가 어린아이의 잘못을 쉽게 용서하는 이유는 우리 모두 어린아이였던 시절이 있기 때문일 것이다. 누구든 어린 시절의 실수와 잘못에 있어서 자유롭지 않기 때문에 그것을 냉정하게 판가름할 수 없고, 겪어봤기 때문에 어린아이의 행동에 대하여 너그럽게 이해할 수 있다. 그런데 각자 다른 길을 걸어 성장할수록, 삶과 경험이 다양해질수록 오히려 다른 사람의 삶에 대한 이해도가 낮아지는 것 같다. 모두들 '나'를 기준으로 판단하느라 다른 사람의 사고방식을 짐작하지 못하는 일이 종종 생긴다.

우리는 여전히 완벽하지 않고, 살면서 모든 사람이 겪는 경우의 수를 겪어볼 수도 없다. 내 기준에서 이해할 수 없는 일이라 해서 다른 사람을 쉽게 비난한다면 그 화살은 결국 나에게 돌아온다. 아마 일일이 깨닫지 못했을지라도, 나 역시 나의 서툰 점과 실수에 대하여 인내심 있게 대해주는 사람들을 만나왔을 것이다.

실은 다른 사람을 너그럽게 이해하는 것이 나 자신에게도 용서받을 기회를 주는 게 아닐까? 다 큰 어른이지만 우리는 여전히 완성형이 아니다.

이제 진짜 세상의
일원이 된 것 같아요

　주디에게는 여태껏 '집'이라고 할 만한 장소가 없었다. 고아원은 먹고 자며 생활하는 곳이었지만 아마도 집이라고 할 수 있는 곳은 아니었을 것이다. 그곳은 익숙한 장소이면서도 언젠가 나만의 집이 생긴다면 벗어나고 싶은 곳, 나비가 되기 전에 웅크리고 기다리는 번데기 같은 장소가 아니었을까?

　고아원에서 나와 대학교에 온 주디는 친구들과 함께 기숙사 생활을 하게 되었다. 난생처음 지내보는 다소 생소한 장소였을 테지만, 방학을 보내고 기숙사로 돌아온 주디는 비로소 제집에 온 것 같은 편안함을 느낀다. 다른 친구들과 조금 다른 유년 시절을 보낸 고아 소녀가 아니라 대학교 기숙사에 머무는 것이 당연한 학생 일원이 되어 있는 것이다. 학생 식당이 어디에 있는지, 기숙사 뒤편에 산책하기 좋은 장소는 어디인지, 필요한 물건이 있을 땐 어디로 사러 나가야 하는지, 주디는 이제 이곳에 있는 건 뭐든지 능숙하게 떠올릴 수 있다.

학교가 집처럼 편안해지기 시작했고
어떤 상황에든 적응하고 있어요.
사실은 이젠 온 세상이 집처럼 느껴지기 시작했어요.
누군가의 허락을 받고 간신히 세상에
끼어들어와 있는 게 아니라,
진짜로 세상의 일원인 것처럼 말이에요.

어른이 되어도 나의 삶을 살 거야

우리 집의 셋째 고양이 달이는 보호소에서 데려왔다. 어릴 때부터 4년을 보호소에서 살고 우리 집에 왔으니 아마 달이에게는 보호소가 우리 집보다 훨씬 익숙하고 당연한 세계였을 것이다. 처음에 달이는 항상 천천히 느릿하게 걸었다. 어디 숨으려고 해도 걸음걸이가 너무 느려서 손만 뻗으면 잡혔다. 아침저녁으로 구내염 약을 먹여야 해서 몸을 붙잡고 입을 벌리면 피할 생각도 없는 것처럼 순하게 약을 꼴깍 삼켰다. 둘째 아리가 기선 제압을 하려고 째려보면 달이는 슬그머니 눈을 돌리면서 싸울 의지가 전혀 없음을 피력하는 듯 보였다. 어릴 때부터 보호소에 오랫동안 지낸 탓인지 장난감에 반응할 줄도 몰랐다.

처음에는 달이가 원래 그런 성격인 줄 알았다. 원래 장난감에 관심이 없고, 행동이 느리고, 다른 고양이가 시비를 걸어도 공격하지 않는 순한 아이라고 생각했다. 하지만 점차 우리 집에서의 생활이 익숙해지고, 원래 있던 고양이들과 친해지기 시작하자 조금씩 제 성격이 나왔다. 달이는 선반이나 냉장고 위 등 높은 곳에 올라가 거실을 내려다보는 걸 좋아하고, 장난감에도 조금씩 관심을 보였으며, 다른 고양이가 먼저 솜방망이를 날리면 자기도 참지 않고 같이 싸웠다. 아침에는 침대로 달려와 야옹야옹 울며 집사를 깨워 밥을 달라고 조른다. 이제 얼굴을 쳐다보며 원하는 것을 요구하면 바로 대응해줄 집사가 생겼다는 사실에 달이는 제법 익숙해진 것 같다. 이제 우리 집은 달이에게 보호소보다 편안하고 당연한 장소가 되었을까.

익숙한 일상을 보내다가도 문득 길을 잃은 것처럼 우뚝 멈춰 서게 될 때가 있다. 세상 한복판 어디에 서 있어도 내가 있을 곳이 아닌 것처럼 느껴질 땐 모든 게 낯설고 혼란스럽다. 이 우주 속 먼지 한 톨만 한 내 작은 존재에게마저도 집처럼 당연한 듯 속할 수 있는 세계가 없다고 느끼면 놀랄 만큼 공허하다. 그럴 때는 나는 내가 누군가에겐 하나의 세계로서 존재한다고 생각해본다. 우리는 크고 작은 관계를 통해서 각자의 우주를 지니고 있는지도 모른다.

달이의 울음소리 때문에 집은 조금 더 시끄러워졌지만 달이가 우리 집의 일원으로 녹아들었다는 것을 느낄 때마다 참 좋다. 이 세상에 홀로 내동댕이쳐진 게 아닐까 궁금했는데, 달이 덕분에 나는 하나의 안전한 세계가 되었다.

가지 않은
길

　함께 오랜 시간을 보낸 친구들끼리 만나면 종종 예전 생각이 난다. 지난 일들을 되짚어가다 보면 자연스럽게 그중 어느 시점으로 되돌아가면 좋겠다는 이야기가 나오기도 한다. 그때로 돌아가면 다른 선택을 할 텐데, 그 일 말고 다른 일을 열심히 했을 텐데, 맘 편히 더 격렬하게 놀았을 텐데, 혹은 지금의 기억을 갖고 과거로 돌아가면 로또를 사겠다…… 같은 가정들이 툭툭 튀어나온다.

　하지만 막상 누군가가 과거로 보내주겠다고 선심을 쓴다면 아마 난 그 기회를 정중히 거절할 것 같다. 곰곰이 생각해봐도 마땅히 다시 걸어보고 싶은 과거는 별로 떠오르지 않는다. 일단 중·고등학교 학창 시절은 내 인생에서 가장 힘든 시기였다. 원하는 대로 선택할 수 있는 범위가 극도로 좁고, 의지와 상관없는 만남이 북적거리는 시절이었다. 부모님 보호하에서 지낸 생계에 대한 걱정이 없었던 건 사실이지만 나는 빨리 어른이 되어 나 스스로를 직접 길러내고 싶었다.

　그런 의미에서 비교적 독립적이었던 대학 시절은 나름대로 즐거웠다. 어찌 됐든 사람에 대해 많은 걸 배우며 후회 없이 청춘을 낭비했음을 지금도 기특한 일로 여기고 있다. 하지만 처음 접하는 사회와 자유에는 아무래도 서툴렀다. 술을 너무 많이 마셨고 사람들과 필요 이상의 관계를 맺었다. 지금을 기준으로 봤을 때는 그렇게 생각한다. 특히 새로운 사람과 접하는 데에 서툴렀다. 그 서투름 덕에 좋은 마음이 늘 좋은 결과를 가져오는 것은 아니고, 상대방의 마음에 깊게 다가가면 그만큼 책임이 생긴다는 것도 알았다.

　대학 졸업 후 사회생활을 하면서 만난 다양한 종류의 사람들 중에는 역시 만나지 않았으면 좋았을 사람들도 있었다. 어쩌면 그들에게 나도 그런 사람으로 기억되어 있을지도 모르겠다. 하지만 그때로 시간을 되돌려도 더 잘해낼 수 있었을 거라는 생각은 들지 않는다.

영화 〈어바웃 타임〉을 보면 과거로 돌아갈 수 있는 능력을 가진 주인공이 나온다. 남자는 과거로 돌아가 자신의 몇 가지 선택을 바로잡아본다. 하지만 그럴수록 현재의 상황은 미묘하게 엇갈릴 뿐이고, 근본적으로 자신이 원하는 행복이 찾아오진 않는다는 걸 깨닫는다.

지금의 나에게는 만족스러운 부분도 있고 지워버리고 싶은 기억도 물론 있다. 하지만 인생의 파노라마에서 싫은 기억만을 핀셋으로 콕 집어 빼낸다고 해서 완전무결한 현재가 탄생할 리는 없을 것이다.

제 부모님도 저를 고아원 대신
프랑스 수녀원 부속학교 같은 곳에
버리셨다면 얼마나 좋았을까요.
앗! 아니에요!
그랬더라면 저는 아저씨를 알지도 못했겠지요.
프랑스어를 잘하는 것보다
아저씨를 알게 된 것이 더 좋아요.

　내 인생에 일어난 일들은 그게 좋은 것이든 나쁜 것이든, 결국 그 하나하나가 모여서 지금의 나를 만들었다. 친구들과 과거를 떠올리며 몇 가지 가정을 대어보다가도, 결국은 그때로 돌아가도 어차피 지금의 내가 되어 있을 것 같다며 웃고 만다. 어떤 선택을 하더라도 아마 우리가 가지 않은 길에 대한 아쉬움은 남을 것이다. 하지만 아마도 그때의 우리에겐 그때의 선택이 가장 좋은 것이었으리라.

나의 삶을
살아도 될까요?

《키다리 아저씨》는 존 그리어 고아원의 원생 주디를 후원하려는 후원자가 등장하면서 시작된다. 익명의 후원자가 주디를 대학교에 보내준 가장 큰 이유는 우연히 본 주디의 수필에서 작가의 재능을 발견했기 때문이다. 그래서 제대로 교육시켜 작가로 양성하겠다는 것이 익명의 후원자, 키다리 아저씨가 주디를 후원하는 대전제다. 주디는 그 사실을 잘 알고 있다.

대학교에서 열정적으로 공부하여 지식을 양껏 흡수하고, 친구들은 이미 다 읽은 세계 명작을 뒤늦게 읽고, 또 틈틈이 행사도 참여하고 요리 실습도 하며 즐거운 추억을 쌓는 와중에도 아마 주디의 머릿속 한편에는 그 대전제가 남아 있었을 것이다.

제가 만일 결국에는

위대한 작가가 되지 못하고

그저 평범한 여자애로 머문다면,

아저씨는 몹시 실망하시겠지요?

주디는 긴 편지 끝에 짧은 추신으로 지나가듯이 이 말을 덧붙인다. 키다리 아저씨에게 이렇게 큰 도움을 받았는데 만약 그 기대에 부응하지 못하면 어떨까, 혹은 작가라는 길 외에 그저 평범한 사람으로 살아가는 선택을 한다면 그분에게 실망감을 안기게 될까. 편지에는 그다지 드러내지 않지만 아마 주디는 어쩔 수 없이 그런 불안감을 살포시 품고 있었을지도 모른다.

다른 사람의 기대감을 업고 살아간다는 것은 누구에게나 버거운 일이다. 아무도 보지 않는 곳에서 넘어졌을 때는 조금 아파도 스스로를 토닥이며 금방 툭툭 털고 일어날 수 있지만, 보는 눈이 많을 때는 그 시선을 견디는 일이 더 어려운 법이다. 무거운 기대감을 업은 채 넘어지면 그대로 짓눌린 채 한동안은 마음을 가다듬어야 한다. 그러는 동안 그 기대감의 부피가 조금 줄어들면, 그제야 다시 천천히 몸을 일으킬 수 있을 때도 있다.

내가 과연 무엇이 될 수 있을지, 미래에 대해서 불안하고 막막한 적 없었던 사람이 있을까. 그래서 스스로를 채찍질하기도 하고, 때로는 무리하며 높은 곳에 있는 목표치를 향해서 손끝을 뻗어본다. 우리는 이미 혼자서도 충분히 애쓰고 있다는 이야기다.

"힘을 내, 잘하고 있어. 너는 더 잘할 수 있어."

그럴 땐 이런 칭찬과 응원이 오히려 마음을 무겁게 만들기도 한다. 잘하고 있다는 말은 '너는 잘해야만 한다'는, 다른 가능성의 차단처럼 들리기도 하므로.

"실패하면 뭐 어때. 못 하면 마는 거지."

차라리 나를 깊숙이 들여다보려 하지 않고 어깨에 힘을 빼고 던지는 무심한 한마디에 마음이 놓일 때도 있다. 어차피 내가 잘하고 있는지 스스로 확실한 의구심을 가지고 있을 때에는 남들의 평가는 별로 중요하지 않다. 나는 결국 내 마음에 드는 내가 되어야 하기 때문이다.

주디에게는 아마 '굳이 성공하지 않고' 평범한 사람으로 살 수 있는 자유, 일종의 실패할 자유도 필요했을 것이다. 짧은 추신이었지만 주디는 자신이 선택할 수 있는 삶의 범위를 직접 들여다보기 시작한 것 같다. 물론 주디는 작가로서 성공하고 싶어 한다. 하지만 '그럴 수밖에 없는' 것과 '그렇게 되고 싶다'는 것은 전혀 다르다. 누군가의 기대를 충족시키기 위해 애써볼 수는 있지만 결국은 남이 원하는 모습이 아니라 내가 원하는 나를 찾아내야 하지 않을까. 자칫 버티는 삶이 되지 않기 위해서는 더더욱.

소중한 사람의 기대치를 충족하는 것은 서로에게 기쁜 일이지만, 나를 잃고 무리하지 않는 것도 중요하다. 누구의 기대에도 부응하지 않고 그저 나의 삶을 사는 것도 커다란 용기일 것이다.

좋은 일이 생겼으면
좋겠어요

어른이 되면 어릴 때에 비해 시간이 빨리 간다고 느끼는데, 그 이유는 그만큼 새로운 자극이 줄어들기 때문이라는 말을 들은 적이 있다. 어릴 때는 사소한 경험 하나하나가 인생에서 처음 겪어보는 일이라 모든 게 놀랍고 생소하지만, 어른이 되어서는 비슷비슷한 생활의 연속이라 시간이 하나의 큰 덩어리가 되어버리는 것이다.

실제로 20대 중반 이후부터는 시간이 어떻게 흘러갔는지 모르겠다. 나를 소개할 때 이름 앞에 '학년'이 붙어 있을 때까지만 해도 매년 자잘한 변화를 체감하고 있었다. 특히 대학생 때는 매년 마음속 버킷 리스트 최상단에 있는 주된 관심사가 확연하게 달라졌다. 1학년 때는 오로지 술만 마셨고, 2학년 때는 연애에 몰두했다. 3학년 때부터 복수전공 강의를 본격적으로 들었기 때문에 점차 과 생활에서 빠져나와 혼밥을 먹기 시작했다. 4학년 때는 물론 취업이 주된 관심사였다.

졸업 이후에 비로소 본격적인 사회생활을 시작하게 되었지만, 이제는 어떤 시기마다 저절로 또렷한 경계선이 그어지는 일은 더 이상 없었다. 하루 중 가장 많은 시간을 보내는 곳이 직장이기 때문에, 직장을 다니면 대체로 일상은 늘 예측 가능한 범위에서 흘러갔다. 변화가 필요하다면 스스로 이쯤에서 1막은 마무리하고 다음 이야기를 떠올려보자고 적절한 마디를 만들어야 했다.

그래서 회사를 그만두었을 때는 나름대로 새로운 장이 열리는 듯해 의욕에 차 있었다. 가능하면 좋아하는 것만 먹고 매일 즐거운 일을 잔뜩 하면서 적어도 하루의 일부는 영화처럼 느긋한 휴식을 누려야겠다고 다짐하기도 했다. 하지만 애초에 집순이에게는 맛있는 디저트 가게에 찾아가 줄 서서 마카롱을 사 올 만한 에너지도 없기 때문에, 자칫 방심하면 생각보다 긴 시간이 그저 뭉뚱그려지기도 한다.

사실 나는 내가 예상할 수 있는 평범한 일상을 좋아한다. 하지만 가끔은 몸속 깊은 곳에서부터 작은 날개가 팔랑팔랑 솟아올라오며 변화를 갈구할 때가 있다. "뭐든 좋으니 좋은 일이 좀 생겼으면 좋겠다!" 하고.

하지만 딱 한 가지가 꼭 닮았어요.
생활이 지독하게 단조롭고 무미건조하다는 거요.
일요일에 아이스크림을 먹는 것을 빼면
좋은 일이라곤 없었고,
그조차도 규칙적으로 반복되는 행사였지요.

누구나 종종 깜짝 놀랄 만한 일들이
일어났으면 하고 바라죠.
아주 자연스러운 인간의 열망이에요.

내가 사랑하는 평이한 일상이 때때로 지루해지는 날엔 여행을 가는 것도 좋지만 단순히 잠자리를 바꿔보는 것만으로도 재충전이 된다. 가까운 곳에 있는 호텔에서 하룻밤 자며 조식만 먹어도 그달에는 '평소와 다른' 한 장면이 기억되는 셈이다.

하루하루가 의미 없게 반복될 때에는 '작은 성취'를 달성해보는 것도 좋다고 한다. 오늘은 미뤄뒀던 지난 계절 옷을 정리한다든가, 지지난달부터 마음속에 저장해둔 빵집에 가서 무화과 타르트를 사다 먹겠다든가, 그런 작은 약속을 정하고 지켜내는 것도 의외로 몹시 뿌듯하고 기쁘다. 어쩌면 직접 선택하고 경험하는 게 많아질수록 삶은 촘촘하고 길어지는 것 같다. 일상의 작은 변화와

새로운 즐거움, 뜻밖의 상황들을 마주하는 일은 내 일상에 채도 높은 색을 입혀준다.

깜짝 놀랄 만한 일이 자주 일어나지는 않지만, 나는 최근에 인생 첫 요가 수업을 듣기 시작했다. 5분 이상 걷는 것도 싫어하는 내가 운동을 등록했다는 건 내 나름대로 커다란 이벤트. 이제는 조금만 불규칙한 생활을 해도 몸이 금방 지치며 흐물흐물해진다는 것을 온몸으로 느낀 탓이다. 생존을 위한 운동이지만 꽤 새로운 체험인 것도 사실이라, 어쩌면 요가를 좋아하는 삶이 시작되는 걸까 하고 설레는 기대를 해보고 있다.

진짜 나를
보게 되면

　가끔 인터뷰를 하면서 녹취를 할 때가 있다. 인터뷰이의 답변을 녹음하다 보면 자연히 내 목소리도 함께 담기는데, 그건 아무리 들어도 적응이 잘 되지 않는다. 내가 듣는 나의 목소리와 남들이 듣는 목소리는 다르다지만, 역시 늘 내 귀에 들리는 목소리가 아니면 마치 남의 것처럼 낯설다. 하지만 마음에 들지 않는다고 해도 새삼스레 목소리를 바꿀 수도 없는 노릇이다.

　화장하지 않은 민낯도 비슷하지 않을까? 늘 꾸미는 얼굴로 만났던 사람에게 갑자기 화장기 없는 민낯을 보이는 일은 부끄럽다. 꾸며낸 모습이 어느새 '기준'이 되고, 정작 진짜 내 모습은 '기준에 못 미치는 모습'이 되어버렸기 때문이다. 하지만 나의 두 가지 모습에 굳이 우열을 매기고 그중 가장 자연스러운 모습을 부끄럽게 여기는 것은 자기 자신에게 미안한 일이 아닐까.

외모가 상대를 판단하는 첫인상인 것은 사실이지만, 언제부턴가 외모가 그 사람의 전부를 대변하는 것처럼 다루어지는 것 같아 아쉽다. 화장을 하든 하지 않든 개인의 자유지만, 어느 쪽을 부끄러워하거나 기준치에 미달되는 듯하게 여기는 일은 결국 우리 모두를 버겁게 만든다. 화장하지 않은 얼굴이 굳이 '숨겨야 할 것'이 아니게 되어야 다들 조금씩 자유로워지지 않을까.

물론 남들에게 나 자신의 내면을 있는 그대로 끌어모아 솔직하게 보여주기는 어렵다. 내가 생각하고 느끼는 것을 상대방과 공유하기 위해서는 어느 정도 친해지는 과정과 믿음도 필요하다. 만난 지 얼마 안 되어 서로에게 호감을 가지고 있는 단계라면, 아직 보

여주지 못한 나의 여러 모습이 상대방에게 실망감을 안겨주지 않을까 걱정되기 마련이다. 동시에 나의 일부나 꾸며진 모습만이 아니라 조금 더 다양한 나의 모습, 더 진정한 모습을 있는 그대로 보고 사랑해주길 바라는 기대감도 한편에 있다.

아저씨는 주디를 만나고 나서도
주디를 계속 좋아해주실 건가요?

주디는 문득 키다리 아저씨에게 묻는다. (물론 키다리 아저씨는
이미 주디를 실제로 봤지만, 주디 입장에서는 한 번도 만난 적이 없는 사
이에다가 심지어 본명조차 모른다.) 실제로 만나고 싶고 그가 정말
존재한다는 사실을 확인하고 싶지만, 한편으로는 그렇게 만나고
나도 관계가 지금처럼 지속될지 몰라 겁이 난다. 사실 그보다 가
까운 사이라 해도 이와 비슷한 불안감은 조금씩 있을 것이다. 그
사람에게 조금 더 다가가고 싶지만, 그러려면 이쪽도 단단히 둘러
놓았던 방어막을 한 겹씩 벗어내 진짜 모습을 보여야 한다. 강철

같이 단단한 두 개의 마음은 겹쳐지지 않고 튕겨져 나갈 뿐이기 때문이다.

　하지만 사람들과 무난하게 어울리기 위해 설정해놓은 나의 가장 바깥쪽에 있는 껍질을 벗겨내는 것은 항상 고민되는 일이다. 양파처럼 겹겹이 파고 들어가면 내 안에는 남들이 좋아하지 않을 만한 어둡고 좁은 마음도 틀림없이 있다. 밝은 모습은 누구에게나 쉽게 공유할 수 있지만 어두운 지점을 볼 수 있는 데까지 솔직하게 상대방을 초대하는 것은 어렵고, 또 두렵다.

　나는 노력 없이 친절하고 상냥한 사람이 아니라서, 어떨 땐 둥글게 사람들을 대하고 사회생활을 하는 것이 버겁게 느껴진다. 내 밝은 모습만을 알던 사람이 있는 그대로의 나를 사랑해줄 수 있을까, 그런 사람이 있을까? 나는 그 사람의 있는 그대로를 받아들일 수 있을까? 아마 서로 그것을 원하고 있을 때, 그래서 그에 대한 나름대로의 대답을 찾아냈을 때, 그 관계에서는 마침내 새로운 장이 시작될 것이다.

이제는 나와
친해질 차례

얼마 전에 한 드라마에서 못생긴 얼굴 때문에 친구들에게 괴롭힘을 당해 죽고 싶다는 생각까지 하게 된 주인공의 이야기가 나왔다. 주인공이 삶의 의욕이 없는 얼굴로 한강 다리 위에 서 있을 때 우연히 지나가던 어른이 주인공의 손을 잡았다. 그리고 품에 안고 토닥여준다.

"어떡하니. 정말 많이 힘들었겠구나."

이후 스무 살이 되어 성형수술을 하고 예쁜 얼굴로 어른이 된 소녀는 그 당시 자신을 꼭 안아준 어른의 온기를 회상하며 이렇게 말한다.

"좋은 향기와 따뜻한 말 한마디가 사람을 살릴 수도 있다는 걸

그때 알았어요."

아마 누구나 하나쯤 그런 기억이 있을지도 모르겠다. 정말 힘들 때 다시 고개를 들고 걸어갈 수 있게 만들어준 기억이.

등산을 할 때 다리에 힘이 쫙 빠졌어도 누가 등을 조금만 밀어주면 어떻게든 힘을 낼 수 있다. 그렇듯 주변에 좋은 사람, 작은 도움, 따뜻한 말 한마디가 나를 다시 일어서게 하고 다시 걷게 하기도 한다. 주디에게는 키다리 아저씨가 있어서 다행이었다. 키다리 아저씨는 주디가 하고 싶은 일을 찾고 혼자서 걸어갈 수 있도록 펌프질을 해준 셈이다. 주디는 이제 그 펌프질을 원동력 삼아 홀로서기를 시작하려고 한다.

올여름은 찰스 패터슨 부인의 바닷가 집에서
지낼 겁니다. 올가을 대학에 입학하는 따님의
가정교사로 일하기로 했거든요.

　　　　　　제 계획이 어떤가요? 전 자립하고 있어요.
　　　　　　아저씨가 저를 스스로 서게 해주신 덕분에
　　　　　　이젠 저 혼자 걸을 수 있을 것 같아요.

사실 한 10년 전까지만 해도 '홀로서기'는 꽤 쓸쓸하고 고립된 의미처럼 들렸다. 점심시간에 교실에서 혼자 밥을 먹는다는 건 곧 인생의 패배자가 되는 것과 마찬가지였던 시절이 있었다. 그때에는 혼자 여행 온 사람을 보면 주변에서는 이상하다는 듯이 흘깃 거렸다. 일명 '아웃사이더'가 되지 않기 위해서 자신과 맞지 않는 상황에 몸을 끼워 넣는 불편한 상황도 많았을 것이다.

하지만 주변의 분위기에 맞추다 보면 어느새 나 자신이 옅어지는 기분이 든다. 솔직한 감정을 누르고 숨기다 보면 처음부터 나는 아무래도 괜찮은 사람이었던 것처럼, 자기 자신에게 소홀해진다. 하지만 혼자 제대로 걸어갈 수 있는 성인이 되었다면, 이제 그

동안 조금 떨어져 있던 나 자신과 더욱 친해져야 할 단계인지도 모른다.

　요즘에는 무엇이든 혼자서 하는 것이 이상하지 않다. 혼자 밥을 먹는 것은 물론 영화를 보거나 여행을 가는 것도 자연스럽다. 함께할 때 더 즐거운 일도 분명 많지만, 아무런 눈치도 보지 않고 혼자서 하는 것이 한층 솔직하고 자유로운 선택이 될 때도 있다. 때로 나 자신에게만 온전히 집중하여 선택하고 행동한다는 것은 내가 원하는 게 뭔지 스스로 귀를 기울이기 시작했다는 뜻이기도 하다. 멋지게 자립하기 시작한 주디가 앞으로 스스로에게 집중하며 중심을 잡고 걸어갈 수 있기를, 그 첫걸음을 진심으로 응원하고 싶다.

행운은
필요 없어요

'신이 나를 만들 때'라는 그림이 한창 유행한 적이 있다. 신은 나를 만들 때 어떤 요소로 나의 영혼을 구성했을까? 잘은 모르겠지만 거기에 '복권 당첨의 행운'은 포함되어 있지 않았던 게 분명하다. 유난히 각종 당첨 운이 좋은 사람이 있는 반면 나는 도통 그런 행운이 잘 따르지 않는 편이다. 그래서인지 운 좋게 일이 엄청나게 잘 풀렸다든가, 그래서 어마어마한 돈을 벌었다든가 하는 이야기는 그저 남 일처럼 막연하게만 들린다.

세상은 공평하지 않다. 애초에 모든 사람이 같은 출발선에 서서 출발하는 것도 아니고, 태생은 물론 타고나는 능력이 동등하게 부여되지도 않는다. 노력하는 만큼의 보상이 고스란히 돌아오는 것은 초등학교 교과서나 동화 속에서나 일어나는 일이다. 어쩌면 정말 운명이라는 게 어느 정도 정해져 있는 걸까? 남들보다 앞서서 출발할 수 있는 운명, 늘 운 좋게 세상의 친절을 받을 수 있는 운명이 따로 있는 걸까?

주디는 자신이 세상으로부터 받을 수 있는 범위가 어느 정도인지 나름대로 명료하게 파악하고 깨끗하게 인정한다. 샐리나 줄리아와 달리 평범한 가정에서 자라지 못했다는 핸디캡을 가지고 있기에 도리어 약한 소리를 하며 기댈 수는 없다고 생각하는 것이다. 하지만 그것은 체념이 아니다. 노력 없이 얻어지는 행운을 정중하게 사양하고, 스스로의 힘으로 획득한 것을 당당하게 누리겠다는 뜻이다.

김영하 작가가 팟캐스트를 통해 〈악어〉라는 제목의 단편소설을 최초로 발표하며 낭독해준 적이 있었다. 그 소설에는 변성기와 함께 뜻밖의 능력을 얻게 된 한 남자가 나온다. 그 남자는 원래 허약하고 별 볼 일 없었으나, 어느 날 갑자기 아주 아름답고 감동적인 목소리를 얻게 된다. 아무런 계기도, 징조도, 상징도 없이 불쑥 찾아온 놀라운 능력이었다. 남자는 그 목소리를 사용해 부와 명예를 쌓아간다. 그래서 주인공은 뿌듯하고 평온했을까?

세상에는 인과가 존재하기 마련이다. 어느 날 갑자기 주어진 마법 같은 능력은 어느 날 그냥 사라져버릴 수도 있다. 그 힘을 유지하기 위해서 어떤 노력을 해야 하는지조차 알 수 없다. 그렇다면 도리어 매일같이 불안하지 않을까? 내 것이 되기 위해서는 내가 직접 손을 뻗어 그것을 쥐어야 한다는 고전적인 법칙을 나는 조용히 믿고 있다.

어떤 사람들은 운 좋게 다른 사람들이 대부분 겪는 과정의 일부를 건너뛰기도 한다. 심지어 원래부터 앞서 있던 사람들은 남들보다 덜 노력해도 더 많이 나아가는 것처럼 보인다. 하지만 그게 얼마나 좋은 일인지는 겪어보지 않아서 잘 모르겠다. 타고난 달리기 선수인 토끼가 성큼성큼 달리는 건 내버려두고, 나는 느릿느릿한 나의 속도대로 나아가고 싶다. 뭐, 어쩌면 그저 신 포도를 바라보는 여우의 마음인지도 모르겠지만 말이다.

아저씨, 저를 너무 호사스러운 생활에 젖어들게
만들지 마세요. 사람은 가져본 적이 없던 것은
아쉬워하지 않아요. 태어날 때부터 당연히 그/그녀의
것이라고 생각했던 것이 없어지면 도저히 못 견디죠.

제게는 세상이 아무것도 빚진 게 없다고,
태어날 때부터 그 사실을 아주 분명히 했어요.
저는 세상에 외상을 요구할 권리가 없어요.
그래서 언젠가는 세상이 저의 요구를
거부하는 날이 올 거예요.

어쨌든 저는 올여름에 가정교사를 하며
자립의 발판을 닦는 것만이 제가 할 수 있는
정당한 일이라고 생각합니다.

오늘은 오늘의
태양이 뜨는걸

그날따라 왠지 유쾌하지 않은 대화들이 있다. 누가 특별히 말실수를 한 것도 아니고, 언짢아진 사람이 있는 것도 아닌데 뭔가 퍼즐이 잘 맞지 않는 것처럼 어긋났다는 기분이 들 때면 나는 혼자 마음이 뒤숭숭하고 찜찜하다. 어떤 말은 차라리 꺼내지 않는 편이 좋을 뻔했고, 어떤 말에는 웃지 말고 제대로 대답을 해두었으면 좋았을 것이다.

정작 상대방은 기억도 못 할지 모르는 미세한 뉘앙스라 해도, 세상 밖으로 꺼내진 말들은 어떤 식으로든 어딘가에 영향을 미친다. 먼지처럼 작은 새싹을 심어서 아무도 눈치채지 못하는 나비효과를 일으킬 수도 있다. 그런 느낌이 들면 공들였지만 결국 실패

한 요리를 보는 것처럼 힘이 빠진다.

　기본적으로 예민한 성격이다 보니 혼자 괜한 일에 영향을 받아 울적해지거나, 아직 일어나지도 않은 일을 상상하며 스트레스를 받기도 한다. 그런 방향으로 가는 생각은 끝이 없어서 종국에는 기분이 나쁘고 머리가 아파진다. 그런 걸 반복하다가 어느 순간부터는 그냥 물기를 털듯이 자잘한 생각들을 털어내기로 했다. 생각하고 있어도 어쩔 수 없는 것들, 이미 지나가버려서 붙잡을 수 없는 것들, 해결할 수 없는 일들에 사로잡히지 않으려고 노력하고 있다.

완전히 낙담해서 잠자리에 들었죠.
결국 저는 아무짝에도 쓸모없는
사람이 될 거고 아저씨의 돈만
허비했다고 자책했어요.
하지만 이거 아세요?
오늘 아침에 잠에서 깼는데,
머릿속에 새롭고 더 훌륭한
줄거리가 떠올랐지 뭐예요.

주디의 편지에서 이 구절을 읽을 때면 동그랗게 부푼 햇살이 퐁퐁 터지는 것처럼 기분이 좋아진다. 살다 보면 일이 안 풀리는 날도 있고, 온 용기를 다 끌어모아 도전했다가 좌절하는 일도 있다. 일이 많을 때는 감당하지 못할 만큼 몰리다가 또 어떤 때는 먹고 살기 힘들 정도로 일이 없는 시기도 있다. 칭찬을 받고 자신감이 생길 때도 있지만 아무짝에도 쓸모없는 사람이 된 것처럼 자존감이 떨어질 때도 있다.

하지만 원래 세상일이라는 게 그렇다. 할 수 있는 일이라면 최선을 다해서 해내면 되지만, 도저히 내가 어찌할 수 없는 일이라면 그 문제에 붙잡혀 있을수록 나만 더 울적해진다. 그런 의미에서 아침이 온다는 건 좋은 일이다. 지난밤의 복잡한 머릿속을 어느 정도 리셋해주는 효과가 있다. 자꾸만 되뇌게 되는 감정의 찌꺼기가 있었더라도 아침이 오면 그건 일단 과거의 일이 된다.

이미 지난 일이라면, 혼자서만 간직하다 곪아버리는 복잡한 마음은 털어내는 편이 낫다. 그리고 오늘은 어제보다 좋은 일이 있으리라고, 또 어제보다 오늘은 내가 더 좋은 사람이 되어야겠다고 생각해본다.

젊음은 나이와
상관없어요

주말 오전부터 배달 기사님이 초인종을 눌렀다. 친구가 마트에서 우리 집으로 주문한 물건이었다. 과일, 마시멜로, 꼬치와 종이 호일 같은 것이 비닐에 포장되어 있었다. 오후에 집으로 놀러 온 친구는 이제부터 '탕후루'를 만들 거라고 선언했다. 난 그게 뭔지도 몰랐는데, 설탕 시럽을 과일 꼬치 위에 뿌려 굳히는 일종의 과일 사탕이었다. 그걸 과일과 마시멜로 두 가지 버전으로 만든다는 것이다.

치킨이나 시켜 먹을 것이지 왜 굳이 그런 귀찮은 일을 하는지 몰랐지만 어쩐지 고등학생 때로 돌아간 것 같아 자꾸 웃음이 비집고 나왔다. 일단 우리는 시럽을 녹이고 과일을 깎아 꼬치를 만들기 시작했다. 그리고 시럽을 뿌려 과일과 마시멜로 표면이 사탕처럼 단단하게 굳기를 기다렸지만 30분이 지나도, 1시간이 지나도 여전히 표면은 끈적거릴 뿐이었다. 결국 이날의 요리 도전은 대실패로 끝났다. 우리는 설탕 시럽을 뿌려 달고 끈적끈적해진 과일 조각을 포크로 찍어 먹었다.

하지만 친구는 포기하지 않고 집에 돌아가서 재도전했다. 그리고는 실패를 성공의 어머니 삼아서, 이번에야말로 성공했다며 의외로 그럴듯한 탕후루 사진을 보내왔다. 하지만 너무 달아서 먹지는 않았단다. 생존형 요리를 하는 것도 귀찮은데 이런 실험형 요리에 그리 끈질기게 도전하는 의지라니. 나는 그 집념에 박수를 보냈다.

우리가 서로 친구로 지낸 지가 벌써 20년이 다 되어가는데, 이 친구는 20대 후반부터 벌써 나이 먹는 게 싫다, 젊음이 지나가는 것이 두렵다는 이야기를 종종 했더랬다. 나는 쓸데없이 먹지도 못할 음식을 그리 열심히 만드는, 10대 때와 바뀐 것 하나 없는 30대가 뭘 걱정하는 건가 싶어 혼자 웃었다.

어른이 되어도 나의 삶을 살 거야

젊음은 나이가 아니라,
정신이 얼마나 생동감
넘치는지에 달려 있잖아요.
그러니 아저씨가 백발이라도
여전히 소년이실 수 있어요.

　나는 나이를 먹는 게 아직은 그리 싫지 않다. 지금보다 어리고 미성숙했던, 때로는 유치했던 내 모습을 기억하고 있는 편이 더 괴로울 때가 있기 때문이다. 실수와 실패를 통해 과거보다 조금씩은 더 배우고 조금씩은 더 성숙해졌다고 생각하면 오히려 마음이 놓인다. 그 시간의 축적은 모두 소중한 나의 자산이다.

　하지만 나이를 먹으면서 주변에서 보내는 시선이 달라지는 것은 확연히 느낀다. 나이를 먹는다는 것은 할 수 있는 일이 줄어들고 세상이 좁아진다는 뜻인가? 내 앞에 놓인 무한했던 가능성이 그 폭을 좁히고 나를 관성대로 살게 한다는 뜻일까? 또한 젊음과 함께 떠나보내야 하는, 외모의 아름다움이 사라지면 나의 가치가 그만큼 줄어든다는 건가.

그렇지 않다고 생각한다. 관성적으로 기존에 세상이 정해놓은 틀에 얽매여 스스로 한계선을 그을 필요는 없다. 나이가 나에게 들이미는 규칙과 한계가 있다면 난 그걸 내 세상에 들여놓지 않고 그냥 가볍게 거절하겠다. 어쩌면 쓸데없이 알차게 살려고 노력하지만 않는다면 우리는 모두 여전히 소년, 소녀인지도 모른다.

4장

길고 긴
생애 첫
연애편지

장소가 사람과 연관되어,

다시 그곳을 찾았을 때

그 사람이 떠오르는 건 참 신기하네요.

약속한 마음은
아니지만

　나는 웃는 얼굴들 사이로 매끄럽게 흘러가는 대화 속에 솟아 있는 까끌까끌한 가시 한 조각을 놓치지 않고 잘 발견하는 편이다. 평범한 말이 오가는 도중에 누군가 한 명이 미묘하게 기분이 상했다면 그 사소한 이유를 비교적 빠르게 눈치챈다. 처음 만난 사이라도 얼마간 대화를 주고받다 보면 우리가 잘 맞는 사이인지 아니면 다른 종류의 사람인지 제법 또렷하게 느껴진다.

　보통 사회생활에서는 상대방의 마음이 상하지 않는 방향으로 그 촉을 곤두세운다. 쓸데없는 오지랖을 부리거나 내 기준으로 상대의 판단을 평가하지 않으려고 노력한다. 상대가 원하는 적절한 리액션을 던지고, 그 사람에게 예민한 주제는 살며시 돌아 피해가

기도 한다.

문제는 사랑하는 연인 관계에서도 약 1퍼센트 정도 감지되는 그날의 거북한 순간을 잘 기억한다는 점이다. 내게 상대의 모든 행동과 반응은 그 사람을 이루고 있는 성향과 기질을 짐작할 수 있는 근거가 된다. 가령 상대방의 분노가 나를 향해 있는 것이 아니더라도 그가 분노하는 방식을 보고 나와 잘 맞는 성격인지 헤아리곤 한다. 우리 사이에 생긴 아주 가느다란 균열 때문에 언젠가 부스스 부서져 내릴 수 있다고 생각하기 때문에, 그 순간에는 웃어넘길 수 있는 별거 아닌 균열의 원인을 굳이 파고들어본다. 직접적으로 말하자면, 나는 까탈스럽고 예민하다.

그래서 사회생활에서는 내가 호의를 품은 사람이라면 어느 정도 좋은 대화를 주고받으며 원만한 관계를 유지해나갈 수 있지만,

연인 관계에서는 같은 말을 굳이 더 심하게 표현할 때도 있었다. 일부러 상대가 확실히 상처받을 만한 말을 던졌다. 그 사람이 미안하도록, 자존심이 상하도록, 자신의 실수를 절감하도록, 그리고 내가 너에게 얼마나 소중한 존재인지 깨닫도록.

일부러 더 심술궂게 말해서 상대방이 내 말에 상처 입는지 확인해보고 싶은 마음은, 상대방에게 내가 얼마나 영향을 미칠 수 있는지 가늠하는 가장 나쁜 방법이다. 내가 아직도 상대를 화나게 할 수 있는 존재라며 부질없이 안심하는 것이다. 그런 식으로는 견고해지기는커녕 서로를 조금씩 갉아먹으며 함께 위태로워질 수밖에 없다는 것을 알면서도, 사랑이 곧 무너질 것을 예감하는 마음이 나를 오히려 더 심술궂게 만들곤 했다. 더 많이 좋아할수록 더 많이 서운했다.

길고 긴 생애 첫 연애편지

귀하에 대해서 저는 아무것도 모릅니다.

귀하의 이름조차도 모르지요.

귀하께서는 제 편지를 읽지도 않고

쓰레기통으로 던져버리는 게 분명합니다.

혼자서만 끊임없이 편지를 보내는 것은 괜찮다. 하지만 주디는 키다리 아저씨를 자신의 가족 모두를 합친 것만큼이나 삶에서 가장 중요한 사람이라고 여기고 있다. 그럼에도 매달 받는 용돈 외에는 키다리 아저씨의 실체에 대하여 아예 모른다. 자신의 편지를 읽고 있는지조차 알 수 없다. 물론 처음에 그렇게 약속하기는 했다. 답장을 기대하지 않고 한 달에 한 번씩 대학 생활에 대하여 꾸준히 편지를 써서 소식을 전하기로 말이다. 하지만 단순한 근황 보고용 편지가 아니라, 마음을 담는 시점부터 상대방에 대한 기대치가 생겨난다. 키다리 아저씨의 묵묵부답에 날 선 투정을 부릴 수밖에 없는 시점이 온 것은 그가 내 삶에 실존한다는 것을 어떻게든 확인하고 싶은 몸부림이었을지도 모른다. 애초에 돌려받기로 약속해둔 마음은 아니지만, 키다리 아저씨의 사정을 이해하려 노력은 해보지만, 그래도 내가 마음을 쏟은 관계가 일방적이라 느껴질 때 서운함이 생겨나는 것은 어쩔 수 없다.

그러나 이 편지를 부칠 때까지도 주디의 심술은 지금까지와 마찬가지로 공허하게 메아리칠 뿐이라서 소녀는 그저 혼자서 마음을 추스르고 또 자신의 이야기를 계속해나갈 수밖에 없다. 물론 '아직은' 말이다.

키다리 아저씨도
숨길 수 없는 질투심

몇 번의 담담한 연애를 거치면서 나는 질투가 별로 없는 사람이라고 생각했다. 사귀기로 결정했으면 두 사람 사이에서 일어나는 일이 중요하지, 나와 그의 개인적인 인간관계나 다른 사람과 있을 때의 행동에 대해서는 그다지 신경 쓸 필요가 없다고 여겼다. 만약 그대로 다른 사람이 좋아져버린다면 우리 인연은 여기까지고, 그냥 헤어지면 되는 것이라고. 상대방의 작은 행동 하나하나에 안절부절못하며 얽매이고 싶지 않았다.

꽤 오랫동안 그게 나의 연애 성향이라고 생각했는데, 역시 완전히 '쿨'한 연애는 없는 것 같다. 지금 와서 생각해보면 그때는 그저 진심으로 상대를 좋아하지 않았을 뿐이다. '헤어지고 싶지 않을 정도로' 좋아하는 사람이 생겼을 때, 질투는 마치 원래부터 그 자리에 있었던 것처럼 자연스럽게 함께 왔다.

좋아하는 사람이 다른 사람과 시간을 보내는 것은 그의 자유라는 걸 머리로는 안다. 하지만 그 사람이 다른 사람을 좋아하게 되거나 내가 2순위로 밀려날 눈곱만 한 가능성만 발견해도 질투심은 슬금슬금 올라왔다. 마음이라는 게 말뚝처럼 한 자리에 물리적으로 박혀 있는 것이 아니라는 것은 명백하기 때문이다. 마음이 움직일 약간의 가능성만 있어도 의심하게 되고, 내가 어찌할 수 없는 그의 자유의지를 제한하고 싶어진다.

물론 이는 '좋아해서'라는 순수한 마음에서 파생되는 감정이다. 약간의 질투심은 연애의 조미료가 되기도 하는 반면 결국엔 유치한 형태로 연애를 망치기도 한다. 좋아한다고 해서 상대를 내 마음대로 휘두르려는 행위의 면죄부가 되지는 않기 때문이다.

저는 사무치게 외로워요. 제가 좋아할 수 있는
유일한 사람이라곤 아저씨뿐인데,
아저씨는 그림자처럼 희미하거든요.
독단적이고 위압적이고 부당한 데다 모습을
드러내지 않는 전능한 신과 같은 존재에게
이리저리 끌려다니는 것은 상당히 굴욕적이니까요.

　　　　하지만 아저씨처럼 꾸준히 친절과 배려를
　　　　베풀어주시는 분이라면, 독단적이고 위압적이고
　　　　부당하며 모습을 나타내지 않는 신처럼
　　　　굴 권리가 있겠다 싶어졌습니다.

주디가 이번 여름방학에는 친구 샐리의 가족과 보내기로 했다고 편지를 썼을 때, 키다리 아저씨는 비서를 통해 그 초대를 거절하고 록 윌로우 농장으로 가라는 지시를 한다.

주디를 대학교에 보낸 뒤 키다리 아저씨는 답장을 쓰는 일이 한 번도 없었다. 여태껏 거의 실체가 없는 사람처럼 잠잠한 태도를 고수했는데, 갑자기 자신이 원하는 바대로 움직이기를 요구하기 시작한 것이다. 지금까지 '키다리 아저씨'로서는 전혀 존재를 드러내지 않았던 그가 실제로 감정과 의지를 보이기 시작하는 시점이 꽤 흥미롭다. 키다리 아저씨를 움직이게 한 것은 짐작건대 바로 질투심일 것이다.

　　주디는 앞선 편지로 샐리의 오빠인 지미 맥브라이드가 말타기와 카누, 사격 같은 것을 가르쳐주고 남자 친구들을 잔뜩 불러올 것이라는 계획을 소개했다. 독자들이 이미 알고 있듯이 키다리 아저씨는 주디의 룸메이트 줄리아의 친척이고, 이미 학교로 찾아가 자신의 정체를 숨긴 채 주디를 만나봤다.

　　그리고 우리는 이 남자가 주디에게 상당히 관심을 쏟고 있다는 사실을 짐작할 수 있다. 그 마음은 때로는 이기적이고 유치하게, 때로는 주디가 원하는 것을 최선을 다해 헤아려보는 어설픈 첫사랑의

방식으로, 또 가끔은 직접적이고 열정적인 메시지로 드러난다.

앞뒤 설명도 없이 독단적이고 강압적인 그의 태도를 주디는 결코 이해할 수 없었지만, 질투심이란 숨기려야 숨길 수 없는 기침 같은 것이라서 그로서도 어쩔 수 없는 일이었으리라. 그 덕에 키다리 아저씨는 결과적으로 주디와 지미 맥브라이드의 즐거운 추억 쌓기를 막을 수 있었다. 그러나 일시적이긴 해도 주디의 미움을 사고 만다. 아마 그게 질투심의 양면성 같은 것이 아닐까.

아직, 사랑에
빠지지는 않았어요

처음으로 사랑에 빠지는 순간에는 그것이 사랑이라는 걸 어떻게 알 수 있을까? 첫사랑이 찾아오면 어떤 신호가 불현듯 깜박여서 단번에 그것을 감지해낼 수 있을까? 물론 걱정할 필요는 전혀 없다. 누구든 자기에게 찾아온 사랑의 감정을 알아챌 수 있다. 어쩌면 그 순간이 아니라 한참 지난 뒤에라도.

어떤 사랑은 첫눈에 온몸이 잠겨 숨이 막힐 정도로 분명한 신호를 주지만, 어떤 사랑은 지나고 나서야 사랑이었음을 알게 된다. 누구에게나 첫사랑이 기억에 남는 것은 그때 우리가 사랑을 어떻게 다뤄야 할지 잘 몰랐기 때문에, 미처 눈치채지 못하고 지나버린 것들에 대한 아쉬움이 남기 때문이 아닐까 싶다. 앞을 모른 채 내달렸던 길이 갑자기 끝나버렸을 때, 우리는 숨을 고르며 망연히 뒤를 돌아보게 되는 것이다.

태풍처럼 밀려드는 확실하고 거친 사랑은 어느 정도 눈에 보이기 때문에 그 사랑의 흐름과 형태를 관찰할 수 있다. 그러나 알게 모르게 젖어 드는 사랑에 어느 순간 잠겨 있는 자신을 발견하면 대개는 속수무책이 된다.

사람이든 장소든 생활 방식이든
일단 그것에 익숙해졌는데 갑자기 사라지면,
가슴을 에는 듯한 지독한 공허감이 남잖아요.
셈플 부인과의 대화가 간이 덜 된 음식 같아요.

방학을 맞아 록 윌로우 농장에 간 주디는 그곳을 찾아온 저비 도련님과 얼마간 함께 지낸다. 저비 도련님이 먼저 농장을 떠나고, 주디는 마치 그 장소가 온통 뒤바뀌어버린 것 같은 공허함을 느낀다. 그리고 그 허전함에 대하여 키다리 아저씨에게 솔직히 털어놓는다. 저비 도련님이 사라진 뒤에 온 '지독한 공허함'은 주디의 마음 한구석에 지금까지 본 적 없었던 새로운 종류의 씨앗을 심고 갔는지도 모른다. 저비 도련님이 없이 농장에서 보낸 시간이 훨씬 더 길었는데도, 그가 떠나고 나니 간이 맞지 않는 음식처럼 심심하고 채도 낮은 장소가 되어버린 것이다.

　어느 순간 그 사람이 내 곁에 있는 것이 당연하고 익숙해진다는 건 그 이전의 나를 잊어버리는 일이다. 분명히 나는 원래 혼자

였고, 혼자여도 괜찮았는데, 이제는 혼자인 것이 괜찮지 않은 일. 놓치고 싶지 않은 달콤한 그리움과 남에게 내 감정을 맡기는 두려움이 동시에 찾아오는 일. 지금 주디에게는 그런 순간이 다가오고 있는지도 모른다.

물론 꼭 사랑이 아닐 수도 있다. 가족도, 친구도, 단순히 룸메이트라도 물리적으로 가까이 지내다가 떨어지면 왠지 모르게 허전하다. 하지만 그 사람이 나에게 어떤 존재인지에 따라서 허전함의 강도는 달라진다. 아마도 이때 주디가 느낀 감정은, 자기도 모르는 사이에 저비 도련님이 삶에서 중요한 사람이 되어버렸다는 강렬한 신호가 아니었을까.

홀로서기 하려는
병아리

엄마랑 같이 살았던 27년 동안 화장실에 물때가 낀다는 걸 몰랐다. 화장실에 청소가 필요한 이유를 아예 생각해본 적이 없었다. 혼자 자취를 시작하면서 그제야 늘 비눗물로 씻겨나가는 듯한 화장실도 따로 물때를 제거하고 청소를 해야 한다는 사실을 알게됐다. 혼자 먹고사는 방법에 대해서 그렇게나 까마득하게 모르고 살아왔던 것이다. 나의 평범한 생존과 일상을 유지하기 위해 이렇게 많은 영역에서 엄마의 손길에 의존하고 있었다니.

독립하고 나서야 혼자서 할 줄 아는 게 많아졌다. 마트에 가서 세제를 고르고, 방에 떨어진 머리카락을 자주 치우고, 밥솥 안의 밥이 보온 100시간을 넘기면 다시 0시간부터 세기 시작한다는 것도 알았다. 대학교를 집에서 가까운 곳으로 가는 바람에 자취할 기회가 없었던 나는 호시탐탐 집에서 독립할 기회를 노렸는데, 진정한 독립은 경제적인 독립뿐만 아니라 말 그대로 혼자 먹고살 수 있게 되는 것이라는 사실을 이때 깨달았다.

독립은 스스로를 책임지는 것인 동시에 지금까지 나를 길렀던 손길에서 벗어나는 과정이기도 하다. 사실 우리나라는 유독 부모님과 자식의 관계가 여러 가지 문화적인 특성으로 얽혀 있어 결혼 후에도 완벽하게 독립하지 못하는 경우가 많다. 자식 입장에서도 그렇지만 부모 역시 자식이 품 안에서 떠나 제 생각대로 살아가는 것을 쉽게 받아들이기 어렵다고 한다. 이제 내 주변에도 아기를 낳은 친구들이 몇몇 생겼는데, 아직 두 돌도 채 되지 않은 아

이가 나중에 커서 엄마 품을 떠날 생각을 하면 벌써 걱정이라는 이야기를 한다.

하지만 아기 새는 스스로 먹이를 구하는 연습을 해봐야 하고 어미 새는 아기 새를 과감하게 둥지 밖으로 날려 보낼 수 있어야 한다. 직접 해보지 않으면 알 수 없는 것들이 있다. 그건 진정한 나의 삶을 살기 위해서 알아야 하는 것들이기도 하리라.

상급생이 되면서 장학금을 받게 된 주디는 그 소식을 키다리 아저씨에게 전한다. 처음으로 키다리 아저씨에게 기대지 않고 학 비를 낼 수 있다는 사실에 몹시 기뻐하면서 말이다. 하지만 키다 리 아저씨는 아직 주디를 품에서 떠나보낼 준비가 되지 않았던

것 같다. 그는 비서를 통해서 주디에게 '장학금을 받지 말라'는 이해할 수 없는 메시지를 보낸다. 사실 그것은 아직 주디에게 자신의 영향력을 유효하게 행사하고 싶다는 뜻이기도 하다.

하지만 장학금은 주디가 온전히 자신의 힘으로 일궈낸 결과다. 주디는 이번에는 단호하게 키다리 아저씨의 명령을 거절한다. 병아리 시절에는 보호자의 도움이 꼭 필요하지만, 혼자서 걷고 힘차게 날갯짓도 할 수 있게 된 닭을 내 마음대로 움직이게 하는 건 쉬운 일이 아니다. 지금까지는 키다리 아저씨의 고마운 손길에 힘을 얻어 그가 보여주는 길을 따라 걸어왔지만, 주디에게 이제 더이상 길잡이가 필요하지 않은 시기가 다가오고 있다.

하지만 아저씨가 아무리 반대하셔도 이제
소용없어요. 왜냐하면 저는 이미 장학금을
받았고 결심을 바꾸지 않을 거니까요!
건방지다고 여기실지 모르겠지만,
그런 의도가 아닙니다.

부디 아저씨의 병아리가 제힘으로
살아가려 한다고 서운해하지 마세요.
아저씨의 병아리는 힘차게 꼬꼬댁 울 줄도 알고
아름다운 깃털도 가진, 아주 기운찬 암탉으로
자라나는 중이니까요. (다 아저씨 덕분이에요.)

　언제까지고 보호가 필요한 어리고 약한 존재로 남아 있으리라
는 기대를 버리고, 키다리 아저씨도 이제 주디가 한 사람의 몫을
할 만큼, 제힘으로 걸을 수 있을 만큼 성장하고 있다는 것을 받아
들여야 할 때가 된 것 같다. 어미의 품속이 세계의 전부였던 어린
병아리는 이제 몸집이 커졌고, 점차 넓은 세상으로 나아가야 할
때가 됐다. 주디는 온전한 한 명의 주체로서 날갯짓을 시작하려고
하고 있다.

편지 쓰는 사람이
늘었어요

친한 대학교 동기 중에는 졸업한 지 몇 년이나 지났는데도 학과 사람 대부분과 연락을 주고받고 있는 친구가 있다. 그 애 입에서 기억도 안 나는 선후배 이름이 나올 때마다 나는 어떻게 그렇게 많은 사람과 친하게 지낼 수 있는지 감탄한다. 나는 원래 친구가 많지도 않지만, 그나마도 점점 잘 만나지 않게 되어 나이가 들수록 하나둘 멀어지는 느낌이다. 오랜만에 만나 바로 속 얘기를 하는 것도 어색하고, 진심을 주고받는 데까지는 워밍업이 많이 필요하다.

예전에는 대부분의 감정을 오로지 혼자 해결하는 데에 익숙했다. 나조차 100퍼센트 정확하게 설명할 수 없는 마음을 다른 사람

과 나누는 건 어려운 일이었다. 특히나 학교에 다니다 보면 어쩔 수 없이 커다란 커뮤니티에 속하게 되는데, 사소한 이야기도 엉뚱하게 퍼지는 경우가 많아서 더 조심스러웠다.

학창 시절을 지나 사회에 나가면 진짜 친구를 사귀기가 더 어렵다던데, 확실히 살면서 좋은 사람들을 만날 확률이 매우 높지는 않은 것 같다. 이 넓은 세상에서 마음 맞는 사람을 하나라도 만나는 건 얼마나 운 좋은 일인가. 그래도 가끔은 그런 행운이 찾아온 덕에 오히려 사회에서 띄엄띄엄 좋은 인연을 만나기도 한다. 대부분의 사람은 관심에 두지 않고 무심하게 지나치지만, 왠지 느낌이 좋은 사람을 알아보면 예의를 차리며 다가가 재빨리 서로를 스캔

할 때도 있다. 아무래도 사회적 관계 때문에 터놓고 만날 수 없는 사람도 있지만 운이 좋으면 일로 만난 사람과 친구가 되어 인연을 이어가기도 한다.

지금은 연락하고 지내는 사람이 많지 않지만, 오히려 누군가에게 마음을 열고 내 이야기를 털어놓기는 비교적 편해졌다. 그만큼 어떤 관계들은 예전보다 깊어졌고, 더 제한적이고 선택적으로 이루어진 만남은 나와 잘 맞았다. 힘들 때 아무 생각 없이 연락할 수 있는 사람, 시시콜콜한 이야기를 부담 없이 떠들 수 있는 사람이 있다는 것은 감사한 일이라는 걸 점점 더 실감하게 된다.

저는 아저씨께 편지를 쓰는 시간이 정말 좋아요.
제게도 근사한 가족이 있는 기분이 들거든요.
비밀 하나 알려드릴까요?
제가 편지를 쓰는 사람이 아저씨만 있는 게 아니에요.
두 명이 더 있어요!

주디에게는 사실상 키다리 아저씨가 가족 전부나 마찬가지였다. 키다리 아저씨가 보내준 용돈으로 여러 개의 선물을 사고 그것을 자신의 할머니, 엄마, 아빠, 삼촌이 보내준 것으로 상상하겠다고 기뻐하기도 했다. 그랬던 주디에게 편지로 소식을 전하는 사람이 늘어났다는 것은 세계의 가장자리가 고무줄처럼 늘어난 것과 다름없이 엄청나게 커다란 변화였으리라.

더불어 주디가 키다리 아저씨 외에 편지를 쓰게 된 사람 중 하나는 말할 것도 없이 저비 도련님이다. 떨어져 있어도 그에게 하고 싶은 이야기가 생긴 것이다.

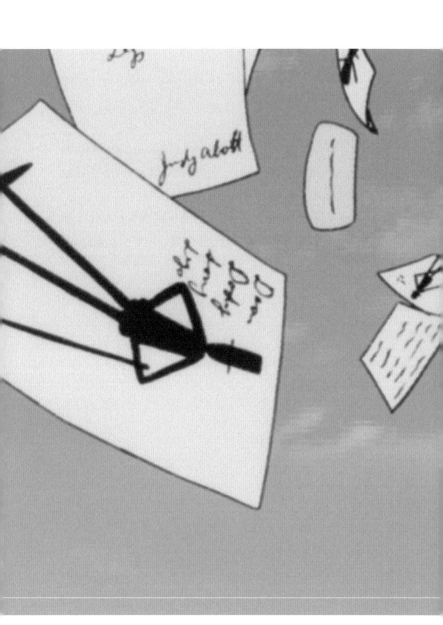

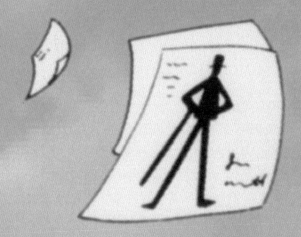

나는 내 결정대로
움직여요

　세상에는 자신은 삶의 옳은 길을 분명하게 안다고 믿는 사람들이 있다. 이런 사람들은 자신이 걸어온 길을 남들은 조금 더 편하고 쉽게 갔으면 해서, 혹은 자신이 저지른 실수를 되풀이하지 않았으면 해서 다른 사람들에게 좋은 마음으로 조언을 건네기도 한다. 그러나 친하지도 않은 사이에, 그저 길에서 마주쳤을 뿐인데도 서슴없이 건네 오는 말이 내 삶에 대한 지나친 간섭처럼 느껴지는 일이 적지 않다.

　조언이 필요한 사람에게 자신의 경험이나 느낀 바를 말해주는 것은 큰 도움이 되지만, 강요는 다르다. 자신이 원하는 대로 움직일 때까지 상대에게 계속해서 압력을 가하는 것은 불필요한 간섭

일 뿐이다. 하지만 우리가 쉽게 저지르는 실수 중 하나가 사랑을 근거로 하면 상대방의 삶을 바꾸려 해도 된다고 생각하는 것이다. 나쁜 의도가 아니기 때문에, 너를 사랑해서, 너를 위해서 하는 일이기 때문에. 그러나 본인의 의지보다는 그것이 상대방에게 닿았을 때를 생각하지 않으면 안 된다. 서로 다른 생각이나 가치관, 삶의 방향에 대해 듣고 논의하는 것은 좋지만 내 의지대로 다른 사람의 삶을 끼워 맞추려고 하면 곤란하다. 더욱이 단호하고 강압적인 언행으로는 마음을 움직일 수 없다. 그것은 자칫 사랑의 포장지로 감싸인 폭력이 되기도 한다.

저비 도련님은 주디와 함께 시간을 보내고 싶은 마음이 크지만 아직은 솔직한 애정을 표현하지 못하고 있다. 자신이 키다리 아저씨라는 사실을 숨겨야 하기 때문이기도 할 것이다.

사실은 주디도 그에게 호감을 가지고 있지만, 어떻게 주디를 존중하며 마음을 전할 수 있는지 그 방법을 전혀 모르는 듯하다. 샐

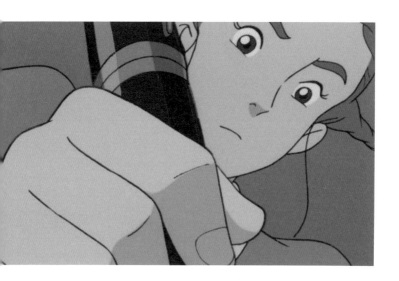

리네 별장에 보내지 않으려는 키다리 아저씨의 또 한 번의 지시도, 록 윌로우에 있으라는 저비 도련님의 단호한 조언도 주디는 대차게 거절해버린다.

아저씨의 허락을 받아야 할까요?
아직도 제 뜻대로 하기에는 좀 이른가요?
아뇨, 저는 그런 때가 왔다고 생각해요.

그리고 (이게 가장 큰 동기이긴 하지만)
저비 도련님이 록 윌로우에 왔을 때
제가 거기 없다는 걸 보여줄래요.
그분이 제게 이래라저래라
할 수 없음을 보여줄래요.

아저씨 외엔 그 누구도 저에게
이래라저래라 할 수 없어요.
그리고 아저씨도 항상
그러실 수 있는 건 아니에요!

　그런데 《키다리 아저씨》가 발표된 건 1912년이다. 오랫동안 순종적인 여성상이 긍정적으로 다루어져 왔다는 걸 생각하면 주디는 당시에 꽤나 독특하고 당찬 캐릭터가 아니었을까? 주디는 대학교에 다니며 키다리 아저씨로부터 후원을 받고 있지만 자신이 독립적으로 생각하고 판단하며 행동할 수 있는 주체라는 사실을 분명히 알린다.

　우리는 때로 사랑을 이유로 서로를 구속하거나 상대가 내가 원하는 대로 움직여주기를 바란다. 하지만 사랑하는 사람이라면 서로가 생각하는 삶의 의지와 방식을 있는 그대로 존중하는 것이

오히려 신뢰를 쌓아가는 진정한 방법이 아닐까. 두 사람이 만나는
건 두 개의 삶을 맞춰나가는 과정이기도 하지만 개개인에게 자유
의지가 있다는 것을 인정한다는 전제도 필요하므로. 우리가 매우
가깝고 친밀한 사이일지라도 내가 당신이 되고, 당신이 내가 될
수는 없다.

나를 행복하게 하는
꿈을 허락해요

대학교 생활에도 익숙해지고, 생물학이나 철학 등 배우는 과목이 늘어나면서 주디는 어느덧 자신감에 차서 꿈을 향해 도약하고 있다. 주디의 재능을 처음에 발견해준 것은 키다리 아저씨였지만, 이제는 주디 스스로도 자신의 꿈을 즐기는 듯하다.

가끔은 가혹할 만큼 거침없는 독설을 들을 때도 있지만 결코 주눅 들지 않고, 당당하게 꿈을 향해 걸어간다. 그 꿈이 한여름 햇빛처럼 쨍하게 비치면 그냥 눈을 조금 찡그릴 뿐, 그늘을 찾아 몸을 돌리지도 않는다.

주디는 자기 자신을 믿으며 나아가고 있다.

저는 제 자유의지와 성취 능력을 굳게 믿고 있어요.

믿음만 있으면 산도 움직일 수 있다지요.

제가 위대한 작가가 되는 걸 보시게 될 거예요!

인생에는 때로 거침없이 나아가는 시기도 분명 있겠지만, 우리가 자신의 능력과 가능성에 대해 신뢰와 자신감으로 가득 차 있기는 사실 쉽지 않다. 성공보다 많은 실패와 부딪치기 때문일지도, 혹은 모두가 비슷한 꿈을 향해 달리기 때문인지도 모른다. 내가 뭘 하고 싶은지 모르면서도 남들이 바라보는 곳으로 시선을 돌리곤 그것이 나의 꿈이라 믿고 달리는 경우도 적지 않다. 그렇게 꿈을 이룬다고 해서 모든 미션이 완료된 동화처럼 행복한 앞날이 보장되는 것은 아니다.

우리는 무엇을 위해 꿈을 꾸는 걸까. 의외로 꿈을 꾸는 행위는 그리 자유롭지 못할 때가 많다. 우리는 쉽게 '무엇이 되어야만 하는' 꿈에 붙잡히고 얽매인다. 그럴 때 가장 안 좋은 점은 '무엇'이 되지 못했을 때, 꿈과 나 자신을 동일시하여 마치 나 자신조차 쓸모없는 사람이 된 것 같은 기분에 휩싸인다는 점이다. 무엇인가가 되어야만 이루어지는 꿈은 마냥 아름답고 창창한 것처럼 포장된 짐일 수도 있기 때문에 그 모양을 신중하게 들여다보는 편이 좋다.

사실은 꿈이 반드시 직업이어야 할 필요도 없고, 꼭 평생을 다 바쳐야 닿을 만큼 거창하지 않아도 된다. 세상에는 내 마음대로 되는 일이 별로 없다. 하지만 나에게만큼은 내가 가장 소중하다. 그러니까 적어도 꿈만큼은, 나 자신을 행복하게 하는 방향으로 간직할 수 있었으면 좋겠다.

그게 내 마음 깊숙한 곳에서 꺼낸 것이라면, 그래서 이질감 없이 내게 스며들어 공존하는 것만으로도 좋다면, 설사 이룰 수 없더라도 괜찮으니까.

어떤 장소가
기억하는 순간

　나의 소울 푸드는 볶음밥이다. 그 볶음밥에는 잘게 자른 감자, 양파, 햄, 당근이 들어간다. 재료를 썰고 볶는 것만으로도 손이 많이 가는 그 볶음밥을 나는 어릴 때부터 참 좋아했다. 엄마가 프라이팬 앞에서 채소를 하나씩 볶으면 난 벌써 식탁에 앉아서 설레는 마음으로 기다리고 있었다. 동생은 햄을 많이 넣어달라고 했지만 나는 밥과 색깔이 비슷해서 잘 보이지 않는 감자의 그 맛을 특히 좋아했다.

　사실 재료를 썰어 적당히 간을 하고 볶기만 하면 되는 거라서 그리 어려운 음식은 아니다. 하지만 흔한 음식이기 때문에 스타일이 워낙 다양하다 보니 밖에서는 더더욱 엄마표 볶음밥을 찾기 어렵다. 게다가 막상 엄마 집에 가면 백숙이니 갈비찜이니 하는 더 맛있는 걸 먹느라고 볶음밥을 먹을 일이 별로 없다. 그래도 엄마가 해준 볶음밥은 마치 나만을 위한 추억의 맛 같은 것이라서, 그걸 떠올리면 마음이 포근포근해진다. 아마 나는 평생 동안 감자와 양파가 들어간 볶음밥을 엄마와 함께 떠올리게 되지 않을까. 주디가 농장에 갔다가 저비 도련님과 함께 지낸 시간을 떠올렸듯이.

우리는 뜻밖의 매개체를 통해 어떤 사람이나 기억, 감정을 불러올 때가 많다. 어쩌면 우리의 기억은 영상이 아니라 크레파스 냄새, 바삭한 감자전의 맛, 혹은 누군가와 함께 갔던 장소 같은 것들이 차곡차곡 쌓여 이루어져 있는지도 모른다.

장소가 사람과 연관되어, 다시 그곳을 찾았을 때
그 사람이 떠오르는 건 참 신기하네요.
그곳에 머문 2분 동안 저비 도련님이 곁에 없다는
쓸쓸함을 진하게 느꼈어요.

　누군가와 함께 여행을 가는 것은 장소보다 관계의 기억을 쌓는
일이라는 생각을 할 때가 있다. 좋아하는 사람과 함께하면 어디에
서든 즐거운 점을 발견하게 되고, 만약 같이 간 친구와 다투고 돌
아왔다면 그 여행지에서 멋진 풍경을 기억에 담아오기는 어렵다.

　난 동해를 좋아해서 종종 경포대로 짧은 여행을 간다. 바다는
늘 같은 얼굴을 하고 있지만 함께 간 사람에 따라 매번 다른 장소
가 된다. 친구들과 여럿이서 와르르 놀러 갔을 때, 분명히 코앞에
바다가 있다는 펜션을 예약했는데 그 코앞이 어찌나 먼지 수영복
차림으로 경포 호숫가를 줄줄이 걸었다. 튜브를 안고 끼고 한참을
걷는 그 상황이 웃겨서 우리는 내내 까르르 떠들며 해변에 도착
했다.

남자 친구와 경포대에 갔을 땐 밤바다에 앉아서 물에 비치는 달그림자를 한참 동안 바라봤던 기억이 있다. 그게 우리의 첫 여행이기도 했다. 그 후로도 경포대 백사장을 볼 때면 저절로 그때 내 옆에 앉아 있던 5년 전 그의 실루엣이 함께 떠오른다. 바다의 얼굴은 하나지만 같이 갔던 사람들과 즐거웠다면, 또 그 사람이 내 마음을 어루만져주었다면 그곳은 더 특별한 장소가 된다.

우리의 기억엔 있는 그대로의 맛, 냄새, 풍경보다 나의 감정 필터를 거친 그때의 분위기가 새겨진다. 그래서 당시 나의 기분, 성격, 사람과의 관계 같은 것들이 변해도 그 장소는 그대로 기억이 스민 채로 남아 있다. 나의 현재와 상관없이 이미 지나간 기억은 변치 않고 그 자리에 남아 있다는 것, 그 점이 때로는 기쁘고 또 때로는 씁쓸한 법이다.

설명할 수 없는
마음

주디는 오랫동안 키다리 아저씨에게 편지를 보냈다. 새로운 생활에 대한 설렘, 새로 배운 지식들, 친구들과의 소소한 일상, 아저씨가 보내준 선물에 대한 감사. 가끔은 키다리 아저씨의 무심함에 상처받고, 그의 강압적인 지시에 반항하기도 했지만 키다리 아저씨는 주디가 믿고 의지할 수 있는 존재였다. 삶의 가장 큰 갈림길 앞에서 만나서 조언을 구하고 싶은 단 한 사람.

주디가 그런 키다리 아저씨를 실제로 만나기 전에 보내는 사실상 마지막 편지에는 다음과 같은 내용이 있다.

아, 그분은 평상시 그대로인데
전 그분을 그리워하고 그리워하고 또 그리워해요.
아저씨도 누군가를 사랑해본 적이 있으시죠?
제가 굳이 설명하지 않아도 아실 거예요.
아니라면 제가 뭐라 설명해도 모르실 테고요.
아무튼, 이게 지금의 제 마음이에요.
그런 제가 그분의 청혼을 거절했어요.

주디는 키다리 아저씨에게 자신이 사랑에 빠져 있다는 사실을 비로소 고백하며, 그 상대가 저비 도련님이라는 사실도 털어놓는다. 주디에게 이런 이야기를 의논할 수 있는 사람은 세상에 오직 키다리 아저씨밖에 없다. 그리고 드디어 주디에게 얼마나 도움이 필요한지를 깨달았는지, 키다리 아저씨는 이 편지를 받은 뒤 자신이 있는 곳으로 찾아오라는 메시지를 전해온다.

존 그리어 고아원 출신인 자신이 자긍심 높은 펜들턴 가문의 남자 저비스 펜들턴과 만나는 것은 염치없는 일이라는 생각에 저비 도련님의 청혼을 거절했던 주디는, 편지를 보내고 얼마 지나지 않아 그가 바로 키다리 아저씨라는 사실을 알게 될 것이다. 좋아하지만, 그리고 좋아하니까 더욱 할 수 없었던 이야기들을 그가 이미 알고 있다는 사실도.

사랑에 빠졌을 때, 우리는 상대방의 마음을 자로 잰 듯 명료하게 들여다볼 수 없다는 걸 깨달을 때마다 고통스럽다. 때로는 그가 내 마음을 몰라줘서, 때로는 내가 그의 마음을 알 수 없어서 괴롭다. 서로를 힘겹게 만든다는 사실을 알면서도 어쩔 도리가 없어 마음을 숨기거나 오해를 쌓아갈 때도 있다. 이처럼 논리적인 설명이 적용되지 않는 엉망진창인 감정이 또 있을까.

사랑에는 수도 없이 많은 이유가 따라붙는다. 당신을 사랑하는 이유, 사랑할 수 없는 이유, 사랑하지 않는 이유, 사랑하고 싶은 이유를 우리는 도저히 납득할 수 없을지도 모른다. 하지만 그걸 일일이 설명하지 못할지라도 결국 사랑이라는 단어에 우리는 고개를 끄덕일 수밖에 없다. 적어도 한 번이라도 사랑에 빠져본 적 있는 사람이라면.

사랑은 두려움과
함께 와요

세 살 된 아기를 키우고 있는 친구가 있다. 한번은 친구가 아기를 어린이집에 보내고 잠깐 시간을 내어 나왔는데, 어린이집에 가기 싫다며 울던 아이의 모습이 영 마음에 걸린다고 했다. 어떨 때는 재미있다고 잘 놀고 오다가도, 어떨 때는 친구들도 싫고 선생님도 싫다며 운다는 것이다. 그 모습을 보면 이래저래 마음이 편하지 않다고 잠시 표정이 어두워졌다.

당장 어린이집도 가기 싫다고 우는 아기가 초등학생이 되었을 때 학교는 잘 다닐지, 학교에서 친구들과는 잘 어울릴지, 중·고등학생이 되었을 때 심하게 사춘기가 와 엇나가지는 않을지, 나중에 커서 좋은 배우자를 만날 수 있을지……. 아기 한 명을 키우면서

떠올릴 수 있는 걱정거리는 그야말로 산더미였다.

"마음을 좀 편하게 먹는 게 좋지 않을까?"

그렇게 말해보기는 했지만 친구의 걱정스러운 마음을 나도 어렴풋이나마 헤아릴 수 있을 것 같았다. 아이는 없지만 나도 종종 고양이들이 아프거나 때로는 잃어버리는 꿈을 꾼다.

사랑을 해본 사람이라면 누구나 사랑의 양면성에 대해 알고 있을 것이다. 사랑에 빠지면 그 순간부터 세상은 전혀 다른 곳이 된다. 똑같은 침대에서 잠을 자고 일어나도 아침이 설렘으로 반짝이고, 평범하게 길을 걸을 때에도 상대가 좋아하는 것을 발견하면 자기도 모르게 슬쩍 미소가 어린다. 사랑을 하지 않을 때에 비해서 세상에서 느낄 수 있는 즐거움이 훨씬 증폭되는 느낌이랄까.

하지만 내가 느낄 수 있는 행복 그래프의 최대 눈금이 올라가는 만큼 반대로 우울하고 괴로운 감정의 폭도 넓어진다. 사랑하는 사람과 마음이 어긋났을 때, 말랑해진 마음에 무심코 상처를 입었을 때, 그가 아프거나 다쳤을 때, 그리고 내 세계에서 완전히 떠나버렸을 때. 혼자였다면 영영 몰라도 좋았을 괴로움의 감정이 폭풍처럼 나를 덮친다.

"소중하게 여기는 게 생기면 삶이 그만큼 피곤하지, 무섭지."

때로는 감당하기 어려울 만큼 요동치는 감정의 그래프를 떠올리며 나는 공감했다. 아기를 지키기 위해서 더 강해질 수밖에 없는, 엄마가 된 친구는 고개를 끄덕였다.

그동안 전 잃으면 아쉬울 만큼
소중한 것이 아무것도 없었기에,
근심 격정 없이 태평할 수 있었어요.
하지만 이젠 남은 인생 동안
크나큰 걱정을 안고 살게 되었어요.

제 마음의 평화는 영영 사라졌어요.
하지만 어차피 지루한 평온함 따위는
바라지 않아요.

키다리 아저씨가 저비 도련님이라는 사실을 드디어 알고 나서,
비로소 그를 마음껏 사랑하게 된 주디는 이제 혼자 살아가는 것
만큼 평온해질 수 없게 되었다고 고백한다. 사랑하는 것이 생기는
건 그것을 잃을 수도 있다는 두려움을 끌어안는 일이다.

내가 소중히 여기는 사람이 있거나, 나를 소중히 여기는 사람의
마음을 아프게 하지 않기 위해서 우리는 겁이 많아진다. 사랑하는
만큼 세상은 두렵고 내가 지켜야 할 것이 많아져 홀로 사는 것보
다 더 많은 마음을 써야만 한다.

　하지만 그 두려움을 감당할 만큼 지키고 싶은 것이 생겼다는 사실이 싫지 않다. 간단히 내 마음을 뒤흔들고 내 세계를 어둡게 만들 만큼 중요한 존재가 생긴다는 사실은 오히려 기쁘다. 마음 쓸 곳이 많아지는 만큼 더 자잘한 행복들을 자주 마주치기 때문이다.

비로소 사랑이
시작되는 순간

예전에 한 유명한 드라마에 이런 대사가 있었다.

"내가 해도 되는데."

"원래 연애라는 게 내가 해도 되는 걸 굳이 상대방이 해주는 겁니다."

외로울 때, 의지하고 싶을 때, 누군가가 필요할 때 연애를 하고 싶다는 생각이 들기도 한다. 이별 후 사람을 사람으로 잊는 방법도 때로는 효과가 있다. 하지만 연애는 나의 내면에서 발생하는 것이 아니라 바깥에서 오는 것이라서, 내가 일어나 문을 열어주지 않으면 내 손을 잡아 일으켜줄 수가 없다. 마음을 다 추스르지 못했을 때, 혼자 설 수 없는 상태에서 다른 존재를 통해 날 지탱하려 하면 그 상대가 사라졌을 때 나는 또 무너지고 만다. 나의 행복 결정권을 다른 사람의 손에 맡기는 것은 위험부담이 너무 크다는 뜻이다.

일단은 내가 괜찮아야, 내가 스스로 잘해낼 수 있어야 한다. 내가 해도 되는 걸 굳이 상대방이 해주는 게 연애의 묘미다. 내가 할 수 없는 게 많을 때는 다른 사람과 건강한 관계를 맺기 어렵기 때문이다. 그러니까 먼저 자기 자신을 사랑했으면 좋겠다. 혼자서도 행복할 때 다른 사람을 만나야 더욱더 행복해진다. 당신으로 인해 내가 조금 더 좋은 사람이 되고 싶어진다.

아마 내가 단단한 걸음으로 다가가도 서로에게 겹쳐지고 흐트러

지면서 새로운 길에 접어들기도 하는 것이 사랑일 것이다. 사랑의 흐름을 예측하고 대비하여 완벽한 마음의 준비를 할 수 있는 사람이 어디 있을까. 자기도 모르는 사이에 사랑이 스며들어 상처받고 후회할 때도 있다. 하지만 막상 또 다른 사랑이 눈치채지 못한 사이에 코앞까지 다가와 있으면, 우리는 마치 처음인 것처럼 또 사랑에 뛰어든다. 사랑에 빠지는 방법은 학습할 필요가 없다. 누구나 매번 새로운 사랑을 새로운 방법으로 시작할 수 있다.

주디에게는 키다리 아저씨를 실제로 만난 그때가 바로 마음 놓고 사랑에 빠져들 수 있었던 운명 같은 순간이었는지도 모른다.

주디는 오랫동안 키다리 아저씨가 저비 도련님이라는 사실을 몰랐지만, 사실 그는 주디의 모든 성장을 가까이에서 지켜보고 함께했다. 키다리 아저씨의 도움으로 첫걸음을 내디뎠던 주디는 어느덧 자립하여 혼자 날갯짓할 수 있을 만큼 성장했고, 이제 자신이 직접 걷기 시작한 멋진 세상을 함께하고 싶은 사람이 생겼다. 《키다리 아저씨》는 주디의 독립과 성장 과정을 보여주는 동시에 하나의 긴 연애편지이기도 한 셈이다.

그리고 두 사람이 함께 만들어가는 이야기는 여기서부터 비로소 시작된다.

이것은 제가 난생처음으로 쓴 연애편지예요.
제가 연애편지를 쓸 줄 안다니 우습지 않나요?

나날이
새로운 싹을 틔우며

어떤 사람을 만날 때 나는 짐짓 어른스럽고 사회생활에 능숙한 사람처럼 보이려고 노력한다. 또 다른 사람을 만날 때는 머릿속의 필터에서 생각을 그다지 거르지 않고 뱉어내기도 한다. 좋아하는 사람 앞에서는 나는 더 좋은 사람이 되고 싶어진다. 수많은 사람과 만나 양분을 얻은 나의 가지는 여러 개로 갈라지고 가끔은 아주 새로운 열매를 맺기도 하며 쑥쑥 자랐다. 내 삶이 누구와 교집합을 만들며 얽혀 있는지에 따라서 사방으로 뻗은 가지 위에는 매번 새로운 모양의 새싹이 쏙 올라왔다.

주디의 고아원 생활이 무채색의 단조로운 일상이었다면, 키다리 아저씨를 만난 이후 주디의 삶은 점차 다양한 색채를 띠게 된다. 깜짝 놀랄 만큼 즐거운 일이 생기기도 하고, 심술궂은 기분이 들거나 마음이 몹시 아픈 날도 있다. 이전보다 깊어진 삶의 굴곡을 따라가는 일은 어렵고 피곤하지만, 자신이 어떤 사람이며 무엇을 좋아하고 무엇을 싫어하는지 알게 되는 소중한 과정이기도 하다.

가장 친한 친구이자 유일한 가족, 사랑의 발견이기도 했던 키다리 아저씨는 주디에게 어떤 싹을 틔우는 양분이 되었을까. 키다리 아저씨의 영향을 받기도 하고 그 영향력을 거부하기도 하면서, 그와 사랑에 빠지기도 하고 그 사랑에 휩쓸리지 않으려 자신을 단단히 홀로 세우기도 하면서 주디는 궁극적으로 자신이 어떤 모양으로 자라날지 알게 되었을 것이다.

모처럼 나도 편지를 쓰고 싶다는 생각이 든다. 어른이 되어도 쉽게 흔들리고, 겉으로는 담담한 척해도 수많은 고민으로 밤잠을 설치기도 하는 내 마음을 편지로 꼼꼼하게 적어가고 싶다. 그러다 그 편지를 보낼 곳이 떠오른다면, 적어도 우리는 좋은 사람들을 만나 꽤 고운 색깔의 꽃을 피우고 있는 것이리라.

요즘 저는 나날이 성격이 좋아지고 있어요!
춥고 서리 내린 날에는 조금 수그러들지만,
햇살이 내리쬐면 어김없이 쑥쑥 자라나거든요.

작은 것에서부터 큰 기쁨을 끌어내는 것,

그게 바로 행복의 참된 비결이고,

그러려면 바로 현재를 살아야 해요!

지난 일을 영원히 후회하거나
다가올 미래를 걱정하며
시간을 낭비하는 것이 아니라
바로 지금 이 순간을 최대한으로 사는 거예요.

지은이 박은지

좋아하는 것을 선택하며 평범한 일상을 채우고 싶은 프리랜서 작가입니다.
큰 개와 세 고양이와 함께 살아가고 있습니다.
저서로 《길고양이로 사는 게 더 행복했을까》, 《제가 알아서 할게요》,
《페미니스트까진 아니지만》 등이 있습니다.

SNS //brunch.co.kr/@cats-day

키다리 아저씨,
진짜 행복은 현재를 사는 거예요

1판 1쇄   2020년 2월 10일

지은이   박은지
펴낸이   장영재
펴낸곳   더모던
전화   02-3141-4421
팩스   02-3141-4428
등록   2012년 3월 16일(제313-2012-81호)
주소   서울시 마포구 성미산로32길 12, 2층 (우 03983)
전자우편   sanhonjinju@naver.com
카페   cafe.naver.com/mirbookcompany

ISBN 979-11-6445-169-2   03810